［爱尔兰］萨莉·鲁尼 —————————— 著　　钟娜 ———— 译

SALLY ROONEY

—

正常人

—

NORMAL PEOPLE

上海译文出版社

精神状态的变化是一个秘密，人们将它恰当地命名为“皈依”，对我们当中许多人来说，无论天或地都不会给他们带来任何启示，直到某种个性同他们的相碰，带来一种不同寻常的影响，并迫使他们接受它。

——乔治·艾略特《丹尼尔·德龙达》

目　录

2011 年 1 月

康奈尔按了门铃，是玛丽安应的门。她还穿着校服，但把毛衣脱了，只穿着衬衣和短裙，没穿鞋，只穿着腿袜。

哦，你好，他说。

进来吧。

她转身穿过玄关走回去。他把门关上，跟在她身后。走进厨房，几步之外，他母亲洛兰正在褪手上的橡胶手套。玛丽安单脚点地坐上料理台，拿起一罐打开盖的巧克力酱，里头插了把勺子。

玛丽安正跟我说，你们今天拿到模拟考成绩了，洛兰说。

英语的分下来了，他说，成绩是按科来的。你准备好走了吗?

洛兰把橡胶手套整齐地叠好，重新放回水槽底下。然后她开始取发夹。在康奈尔看来，这件事她可以在车上做。

我听说你考得很好，洛兰说。

他是全班第一，玛丽安说。

对，康奈尔说，玛丽安考得也很好。咱们能走了吗?

洛兰停下来，围裙解到一半。

我不知道我们这么赶时间，她说。

他把两手插进裤兜，憋着一声烦躁的叹气，但可以听到他是深吸了一口气憋声，所以听起来还是像在叹气。

我先上趟楼把烘干机里的衣服拿出来，洛兰说，然后我们就可以走了。行吗?

他一言不发，只是垂着头，等洛兰离开房间。

要不要来点这个？玛丽安问。

她把那罐巧克力酱递过来。他把双手往裤兜更深处沉了沉，仿佛要一次性把全身都装进裤兜里。

不用，谢谢，他说。

你拿到法语成绩了吗?

昨天拿到的。

他背靠冰箱，看她舔勺子。在学校他和玛丽安装作互不认识。大家知道玛丽安住在带私家车道的白色豪宅里，也知道康奈尔的母亲是做家政的，但没人知道这两者的特殊关联。

我拿了 A1[①]，他说，你德语得的什么?

A1，她说，你在炫耀吗?

你肯定会得六百分，是不是?

她耸耸肩。你大概会，她说。

好吧，可你比我聪明。

别太难过。我比所有人都聪明。

玛丽安咧嘴一笑。她从不掩饰自己对学校同学的蔑视。她没有朋友，午餐时间都在一个人读小说。很多人很恨她。她父亲在她十三岁时过世了，康奈尔听人说她有精神病之类的问题。她的确是全校最聪明的人。他很怕和她这样独处，但又发现自己会幻

---

① 在2015年对高考计分系统进行改革前，爱尔兰对考生分数以5分一档分为A—F档，每档对应大学申请计分。A1为最高档。

想说出什么话，让她对自己刮目相看。

你英语不是全班第一，他向她指出。

她舔了舔牙齿，一脸满不在乎。

我是不是该请你给我补补课，康奈尔，她说。

他感觉耳根发烫。她大概只是在花言巧语，没有挑逗的意思，但如果她在挑逗，和她交往只会让他自贬身价，因为她是大家公认的厌恶对象。她穿难看的厚底鞋，脸上也不化妆。大家说她都不刮腿毛什么的。康奈尔有次听说她在学校餐厅把巧克力冰激凌滴到了身上，于是去女厕所把衬衣脱了在水槽里洗。她这个故事传得很广，大家都听说过。只要她乐意，她完全可以在学校故意跟康奈尔打招呼。她可以在大家面前说，下午见。毫无疑问这会让他无所适从，而她似乎很喜欢这么做。但她从没这么做过。

你今天跟尼里小姐在聊什么？玛丽安问。

哦，没什么。我忘了。考试成绩吧。

玛丽安在罐里转着勺子。

她是看上你了还是怎么的？玛丽安问。

康奈尔看着她转动勺子。他的耳朵还是很烫。

你为什么这么说？他说。

天哪，你不会真的在和她交往吧？

当然没有。你觉得开这种玩笑很好玩吗？

对不起，玛丽安说。

她的神情很专注，仿佛她的目光穿透了他的双眼，直达他的后脑勺。

你说得没错，这不好玩，她说，对不起。

他点点头，看了看四周，拿鞋尖去钻瓷砖之间的缝隙。

有时我觉得她在我面前的确表现得很奇怪，他说，但我不会跟别人讲。

哪怕在课上我都觉得她在你面前很轻佻。

你真这么觉得?

玛丽安点点头。他揉了揉脖子。尼里小姐教经济学。学校里大家都在传他对她有所谓的好感。有人甚至说他试图加她Facebook好友；他没加过，也永远不会加。事实上，他对她什么都没做，也什么都没说，他只是在她做什么或说什么时静静地坐在那里。她有时会在课后把他留下来，和他讨论他的人生方向；有次她还摸了他校服的领带结。他没法把她的举动告诉大家，他们会觉得他在炫耀。上课时他恼羞成怒，没法专心听课，只是坐在座位上盯着课本，盯到柱状图开始变得模糊。

他们老说我喜欢她什么的，他说，我其实不喜欢她，一点儿都不。你不会认为她那个样子是因为我在迎合她吧?

反正我不这么认为。

他下意识地在校服衬衫上蹭了蹭手心。大家都觉得他被尼里小姐吸引，有时他自己都怀疑自己的直觉。会不会在他自己意识不到的地方，他确实渴望着她?他甚至不知道究竟什么是“渴望”。现实生活中，他每次做爱都觉得压力很大，大到没法享受过程，这让他怀疑自己是不是有什么毛病，有某种发育障碍，让他没法和女人亲近。事后他躺在床上想：刚才那种感觉太恶心了，我都快吐了。他是这种人吗？尼里小姐在他桌前俯下身时，他会感觉恶心，而这会不会就是他体验性快感的方式？他该怎么找到答案？

你要是愿意，我可以去跟莱昂先生说，玛丽安说，我不会说是你告诉我的，我就说是我自己注意到的。

老天。别，千万别。别跟任何人说这件事，行吗？

好吧。

他盯着她，确认她是认真的，然后点点头。

她对你那样不是你的错，玛丽安说，你又没做错什么事。

他轻声问：那为什么所有人都觉得我喜欢她？

可能因为她跟你说话时你老是脸红吧。不过你碰到什么事都脸红，你就是这种肤色。

他发出短促不悦的笑声。谢谢，他说。

你真的是这样。

没错，我知道。

你现在就在脸红，玛丽安说。

他闭上眼，舌头抵住口腔上颚。他听见玛丽安在笑。

你为什么老是对别人这么刻薄？他问。

我没有刻薄。我不在乎你脸不脸红，我不会跟别人说的。

你不会跟别人说，不代表你可以口无遮拦。

好吧，对不起。她说。

他转过身，看向窗外的花园。与其说它是花园倒不如说是“庭院”。它包括一个网球场，一尊女性形态的高大石像。他远眺着这片“庭院”，把脸凑近窗边，感受玻璃冰凉的气息。每当别人讲起玛丽安在水槽里洗衬衣时，他们都装得好像自己只是图个乐，但康奈尔认为他们讲那个故事别有目的。玛丽安在学校没跟任何人交往过，没人看过她不穿衣服的样子，甚至没人知道她喜欢男的还是女的，她谁也不告诉。大家很憎恨她这一点，康奈尔认为这才是他们传那个故事的目的，以借机盯着一件他们没法窥视的东西看。

我不想跟你吵架，玛丽安说。

我们没在吵架。

我知道你大概很讨厌我，但你是唯一会跟我说话的人。

我从来没说过我讨厌你，他说。

这句话引起了她的注意，她抬起头来。他有点不知所措，只好继续不去看她，但余光里他还是感觉得到她的目光。每次和玛丽安说话，他都有一种完完全全的私密感。他什么都能跟她讲——他自己的事，甚至很怪的事——而她从不会跟别人说，这点他很清楚。和她在一起就像打开一扇离开正常生活的门，把它在身后关上。他不怕她，实际上她是挺放松的人，但他很害怕和她在一起，因为他发现自己会表现得很奇怪，会说些他平时绝不会说的话。

几周前，他在玄关等洛兰时，玛丽安穿着浴袍下了楼。就是一件普通的白浴袍，系法也很正常。她的头发湿湿的，皮肤在发光，似乎刚刚涂完面霜。看见康奈尔，她在楼梯上停下来，说：我不知道你来了，不好意思。她看起来好像有点慌乱，但不是很严重。然后她沿着楼梯折回房间。她离开后，他站在玄关继续等。

他知道她大概在房里换衣服，当她再下来时，不管她穿着什么，那都是她看到他在玄关后选择穿的衣服。不过在玛丽安重新出来前，洛兰已经收拾好可以走了，所以他没看见她穿的是什么。他也不是特别想知道。他当然没跟学校里任何人讲这件事，说他看过她穿浴袍的样子，或者她当时看起来有点慌乱。这跟任何人都无关。

好吧，我喜欢你，玛丽安说。

他沉默了几秒，他们之间的私密感太强烈了，它紧紧地压在他身上，他的脸上和身上几乎能感觉到实实在在的压力。这时，洛兰回到厨房，往脖子上系围巾。门明明没关，她还是轻轻敲了一下。

可以走了吧？她问。

嗯，康奈尔说。

谢谢你，洛兰，玛丽安说，下周见。

康奈尔朝厨房出口走去，他母亲说：你会说句再见吧？他转头往回看，但发现自己无法直视玛丽安的眼睛，就对着地板说，好吧，再见。他没等她回答就走了。

上车后，他母亲一边系安全带一边摇头。你应该对她好一点，她说，她在学校其实不好过。

他把钥匙插进点火开关，查看后视镜。我对她很友好，他说。

她其实很敏感，洛兰说。

我们聊点别的行吗？

洛兰扮了个鬼脸。他透过挡风玻璃直视前方，装作没看见。

三周后（2011 年 2 月）

她坐在梳妆台前，看着镜中的脸。她的脸颊和下巴的线条很模糊。她的脸像一件科技产品，两只眼睛是闪烁的光标；或者又像月亮在某件东西上的倒影，颤颤巍巍，歪歪扭扭。它表达了一切，也就是说，它什么也没表达。她最终觉得为这种场合化妆其实挺让人尴尬的。她继续和镜中的自己对视，手指往一罐开盖的无色唇膏上抹了抹，涂在唇上。

下了楼，她正从挂钩上取外套，她的哥哥艾伦从客厅里走了出来。

你去哪儿？他问。

外面。

外面是哪儿？

她双臂穿过大衣袖子，整了整衣领。她开始感到紧张，并希望自己的沉默传达的是无礼而不是迟疑。

出去走走，她说。

艾伦来到门前站住。

哼，我知道你反正不是出去见朋友的，他说，你根本就没朋友，是不是？

我的确没有。

她露出微笑，很平静地一笑，希望她的屈服能安抚他，好让他从门前走开。但他却问：你干吗这样？

哪样？她问。

笑得那么诡异。

他学她的表情，在脸上拧出一个丑陋的大笑，显出牙齿。虽然他在咧嘴笑，但他模仿得既用力又夸张，看起来像在生气。

你没朋友自己很高兴吗？他问。

没有啊。

她还在微笑，却往后退了两小步，转身走向厨房，那里有扇推拉门通往花园。艾伦紧跟在她身后。他抓住她的上臂，把她拉了回来。她感到下巴发紧。他的手指隔着外套钳住她的手臂。

你要是敢哭着跟妈告状……他说。

不，我不会的，玛丽安说，我就是出去走走，谢了。

他松开她的手臂，她从推拉门溜了出去，把门在身后带上。外面很冷，她的牙齿开始打战。她绕着房子侧面走，沿着私家车道走到街上。被他抓过的手臂部位的血管在不停地跳动。她从兜里掏出手机，写了条短信，但老是按错键，只好不断删了重来。最后她终于发出信息：我就来。她还没把手机放回去就收到回复：好，待会儿见。

上学期末，校足球队进了什么比赛的决赛，最后三节课全年级都停课去观赛。玛丽安之前从没看过他们踢球。她对体育运动不感兴趣，对体育课感到焦虑。坐大巴去赛场的路上她一直在听耳机，没人跟她说话。窗外有黑色的牛、绿色的草地、棕色屋顶的白房子。足球队的人都在大巴上层，喝着水，互相拍肩，给彼此打气。玛丽安觉得她真正的人生正在很遥远的地方发生，在她缺席的情况下发生，她不知道自己能否有一天找到它，成为它的一部分。在学校时她常有这种感觉，但没有伴随画面，显示她真正的人生看起来什么样，或大致是什么。她只知道当它发生时她就没必要再想象了。

比赛全程没有下雨。带他们过来就是让他们站在场外加油鼓劲。玛丽安在球门柱附近，旁边站着卡伦和其他几个女孩。除她之外似乎所有人都会喊学校的号子，唱词她从未听过。比赛打到一半还是零比零，基尼小姐给大家发果汁和能量棒。到了下半场，双方交换场地，校队的前锋们活跃在玛丽安附近。康奈尔·沃尔德伦是中锋。她看见他穿着球服站在那儿，白短裤闪闪发光，校队背心后面印着数字 9。他的姿态非常好看，比所有球员都好看。他的身型像画笔勾出的一道优美的长线条。球转到他们的后场时康奈尔会到处跑，有时把手伸向半空，然后回到一动不动的站姿。看他比赛让人非常享受，她认为他并不知道或在乎她站在哪儿。等哪天放学后她可以跟他说自己当时一直在看他，他肯定会笑她，说她是个怪人。

比赛进行到七十分钟①，艾丹·肯尼迪把球带到球场左侧，传给康奈尔，康奈尔站在禁区角上一脚把球踢起，球越过防守头顶，旋转着落入球网后侧。每个人都在尖叫，连玛丽安都在尖叫，卡

① 他们踢的是爱尔兰流行的盖尔式足球，可以用手。每场比赛六十或七十分钟。此处康奈尔在七十分钟进球，比赛就结束了。

伦一手环住她的腰把她搂得紧紧的。她们一起欢呼，她们发现一种有魔力的力量消融了她们之间平时的社交距离。基尼小姐边吹口哨边跺脚。球场上康奈尔和艾丹拥抱在一起，像久别重逢的兄弟。康奈尔看起来帅极了。玛丽安意识到她多么希望看见他和谁做爱，那个谁不一定是她，任何人都可以。光是看他就是一种享受。她知道就是这种想法让她和学校里的人格格不入，让她成为一个怪人。

玛丽安的同学似乎都很喜欢上学，并且觉得这很正常。每天穿同样的衣服，始终服从武断的规则，因为违规而接受学校的观察和监督——这些对他们来说很正常。他们不认为学校的环境让人压抑。玛丽安去年和历史老师克里根吵了一架，因为他逮到她在课堂上往窗外看。班里没人站在她这边。对她来说，每天早上必须穿校服，每天必须在一栋大楼里被人带着转来转去明摆着是非常愚蠢的事；她甚至不能想看哪儿就看哪儿，校规连她的眼球往哪儿转都要管。你这样盯着窗外做白日梦是学不了东西的，克里根先生说。玛丽安那会儿已经无法控制怒火了，她回嘴道：别自欺欺人了，我没什么东西可以跟你学的。

最近康奈尔说他记得那次冲突，当时他觉得她对克里根先生太凶了，毕竟他其实属于挺讲道理的老师。但我知道你是什么意思，康奈尔说，就是那种被囚禁在学校里的感觉，我懂。他应该允许你看看窗外的，我同意。你又没有在捣乱。

自那次在厨房里说过话，也就是她向他表白后，康奈尔来她家来得更频繁了。他会提前来接他母亲下班，在客厅里待着，不怎么说话，或者双手揣在裤兜里，站在壁炉边。玛丽安从不问他为什么来。他们聊一会儿天，或者她说他点头。他说她应该去读《共产党宣言》，她应该会喜欢，他还主动提出把书名写下来，免得她忘了。我知道《共产党宣言》怎么写，她说。他耸耸肩，说，好吧。过了一会儿，他微笑着说：你在假装高人一等，你读都没读过。她禁不住笑起来，他也跟着她笑了。他们笑的时候没法对视，只能盯着房间的角落，或者盯着自己的脚。

康奈尔似乎理解她对学校的感受；他说他喜欢听她阐述个人观点。你在课上已经听得够多了，她说。他就事论事地回答：你在课上不一样，你其实不是那样的。他似乎认为玛丽安能进入一系列不同的人格，能在其间轻松切换。这让她很惊讶，因为她通常觉得自己被囚禁在单一人格里，不会因她的言行而改变。她过去尝试过改变自己，但从未成功。如果她和康奈尔在一起时变得不一样了，那么这种改变并没有发生在她内部、她的人格里，而是发生在他们之间、他们关系的张力之中。有时她惹他笑，有时他很沉默、难以揣测，等他离开后，她会觉得亢奋、紧张，既精力旺盛又筋疲力尽。

上周，他跟着她进了书房，等她找要借给他的那本《下一次将是烈火》①。他站在房间里，审视着那些书架，衬衣最上面的纽扣没扣，校服领带也松开了。那本书找到了，她递给他，于是他坐在窗座上看书的封底。她在他身旁坐下来，问他，他的朋友埃里克和罗布知不知道他课外会读这么多书。

---

① 美国非洲裔作家詹姆斯·鲍德温（1924—1987）所著散文集。

他们对那些东西又不感兴趣，他说。

你是说他们对自己身边的世界不感兴趣。

康奈尔面无表情地皱了皱眉，每当她批评他朋友时他都是这个反应。我们感兴趣的东西不一样，他说，他们有自己的爱好。我觉得他们不会读讲种族歧视之类的书的。

没错，他们光是炫耀自己跟谁上过床就够忙的了，她说。

他顿了一秒，仿佛这句话引起他的注意，但他不知道该怎么回答。对，他们的确会这么做，他说，我没有为这种行为辩护的意思，我知道他们有时候很让人火大。

但你并不恼火？

他又顿了顿。大部分情况不会，他说，他们要是做了突破底线的事，我当然会不高兴。但他们毕竟是我朋友，你知道的。这对你来说不一样。

她看着他，他在打量书脊。

为什么对我来说不一样？她问。

他耸耸肩，把封面弯来弯去。她有点沮丧。她的脸和手都很烫。他继续看着那本书，尽管他绝对已经把封底上印的所有字都读过了。她对他身体的感应几乎精确到显微镜级别，仿佛他正常的呼吸都足以让她病倒。

你那天说你喜欢我，他说，在厨房里说的，当时我们在聊学校的事。

对。

你说的是朋友那种喜欢，还是别的什么？

她低头盯着大腿。她穿着一条灯芯绒短裙，借着窗外投进的光，她能看见裙子上斑驳的棉绒。

不仅仅是朋友的那种喜欢，她说。

哦。我就是想知道。

他坐在那儿，自顾自地点头。

我不太清楚自己是什么感受，他说，我觉得我们之间要是发生了什么，在学校会有点尴尬。

不需要谁知道，她说。

他抬头看向她，直视她的双眼，全心全意。她知道他要吻她了，然后，他吻了她。他的嘴唇很柔软。他把舌头轻轻伸进她嘴里。然后就结束了，他缩了回去。他似乎想起手里还拿着书，于是又看了起来。

刚才的感觉很好，她说。

他点点头，吞了吞口水，又低头看书。他看起来非常局促，让她觉得自己提起那个吻很不礼貌，于是她笑了起来。他紧张起来。

好啦，你笑什么？他说。

没什么。

你看起来就跟从没跟人接过吻似的。

好吧，我的确没有，她说。

他拿手盖住自己的脸。她又笑了，笑得不能自已，于是他也跟着笑起来。他的耳朵都红了，他连连摇头。几秒后他站起来，手里拿着书。

不要跟学校的人讲这件事，好吗？他说。

好像我在学校里会跟谁说话一样。

他走了。她虚弱地从窗座上跌下来，跌坐在地板上，双腿在身前张开，像一只破布娃娃。她坐在那儿，觉得康奈尔来她家仿佛只是为了测试她，而她通过了这场测试，那个吻就是在告诉她：你通过了。她想起她说自己从没跟人接过吻时他笑的样子。要是换个人那样笑，她可能会觉得很残忍，但他那样就不会。他们是在一起笑，笑他们共同置身的处境，尽管她不知道具体该怎么描述这个处境，也不知道究竟有什么可笑的。

第二天早上德语课前，她坐在座位上，看她的同学们相互把对方从暖气机上推下来，又是尖叫又是傻笑。课上他们安静地听录音带里一个德国女人讲述她错过的一场聚会："我很遗憾。"下午开始下雪，厚厚的灰色雪花颤动着飘过窗户，在碎石路上融化了。周围的一切充斥于她的视野和感官：教室里微酸的臭味，课间校内通讯系统响起的尖锐铃声，篮球场四周直立的幽灵般肃穆的深色树影。上课时冗长的流程：用不同颜色的笔在崭新的蓝白条纹纸上记笔记。和以往在校时一样，康奈尔不跟玛丽安说话，甚至都不看她。她的目光穿越教室，看他嘴上叼着笔头写动词变位；看他午餐时坐在食堂另一头，和朋友们为了什么事而微笑。他们之间的秘密沉甸甸地垂在她体内，让她愉悦，在她行动时压在她的盆骨上。

那天和之后的那天，她放学后没见到他。周四下午，他母亲来她家打扫，他提前来等洛兰。玛丽安去应的门，因为就她一个人在家。他换下了校服，穿着黑牛仔裤和运动衫。看见他时，她的第一个念头是想从他面前逃开，把脸藏起来。洛兰在厨房里，她说。然后她转身上楼，回到卧室，关上门。她脸朝下趴在床上，对着枕头呼气。这个叫康奈尔的人究竟是谁？她觉得自己很了解他，但她凭什么这么觉得？就因为他无缘无故地亲过她一次，然后叫她不要告诉别人？一两分钟后她听到敲门声，坐了起来。进来，她说。他打开门，征询地看了她一眼，像在试探她欢不欢迎他，然后他走了进来，把门带上。

你生我气了吗？他问。

没有。我为什么要生你气？

他耸耸肩。他闲散地走到床边，坐下来。她双腿盘坐，两手握着脚踝。他们无言地坐了一会儿。然后他爬上床，和她坐在一起。他抚摸着她的大腿，她向后靠在枕头上。她大着胆子问他是不是又要吻她。他说：不然你觉得呢？这句话在她听来非常含蓄而成熟。他的确开始吻她了。她说这种感觉很好，他什么也没说。她觉得自己什么都愿意做，只要能让他喜欢她，让他大声说他喜欢她。他把手伸进她的校服衬衣底下。她对着他的耳朵说：我们可以把衣服脱了吗？他的手在她的胸罩里。他说，当然不行。现在这样已经很不明智了，洛兰就在楼下。他对他母亲直呼其名。玛丽安说：她从来不上来的。他摇摇头，说：不，我们应该停下来。他坐起来，低头看着她。

你刚才有一秒被诱惑到了，她说。

并没有。

我诱惑了你。

他微笑着摇摇头，说，你真是个怪人。

此刻她站在他家停车道上，上面停着他的车。他用短信发来他家地址：33号。一座连栋房，砂浆糊碎石子铺的外墙，网纱窗帘，有个小水泥院子。她看见楼上窗户里的灯亮着。难以相信他真的住在那里，一栋她从没进过甚至从没见过的房子。她穿着黑毛衣，灰裙子，便宜的黑内裤。她精心刮过腿毛，腋下涂了香体膏，光滑干燥。她有点流鼻涕。她按下门铃，听见他的脚步声从楼梯上传下来。他打开门。让她进门前，他越过她的肩头环视周围，确定没人看见她来。

一个月后（2011 年 3 月）

他们在聊大学申请的事。玛丽安躺在床上，身上胡乱拉过一张床单，康奈尔坐在一旁，膝盖上放着玛丽安的苹果笔记本。她已经申请了圣三一大学的历史与政治系。他填了戈尔韦国立大学法律系，但现在他觉得可能要改志愿，因为正如玛丽安所说，他对法律没有兴趣。他甚至无法想象自己当律师的样子：打着领带，没准还在帮忙判人有罪。他填法律系纯粹是因为他想不出填别的什么。

你应该学英语，玛丽安说。

你是真这么觉得，还是在开玩笑？

真这么觉得。这是你在学校唯一真正享受的科目。而且你闲暇时间都在读书。

他茫然地盯着电脑，然后盯着她身上笼着的黄色薄床单，光照在上面在她胸前投下一个淡紫色的三角形影子。

不是所有闲暇时间，他说。

她笑了。而且班里会全是女孩，她说，所以你可以尽情风流。

好吧。不过我不知道毕业后好不好找工作。

切，谁管这个？反正经济都这么烂。

电脑屏幕变黑了，他敲了敲触控板，让它重新亮起来。大学申请页面凝视着他。

他们第一次做爱后，玛丽安在他家过了夜。他从没和处女上过床。他性经验次数不多，而且每次那些女孩都会把经过在全校广播。他于是不得不在储物柜房间听人重复给他描述他犯的错，更糟的是，他们还会夸张地模仿他如何笨拙地温存。跟玛丽安就完全不同了，一切只发生在他们之间，甚至包括那些尴尬或艰难的事。他可以随心所欲地跟她做什么或说什么，没人会知道。他一想到这就有种头重脚轻的眩晕感。那天晚上，他还在抚摸她，她就已经非常湿了，眼珠几乎翻到后脑勺，说：上帝啊，来吧。她可以这么说，没人会知道。他害怕自己光是这么抚摸她就会高潮。

第二天早上，他站在玄关和她亲吻作别，她的嘴尝起来有碱味，像牙膏。谢谢，她说。他还不知道她在谢他什么，她就已经走了。他把床单放进洗衣机，然后从暖柜①里取出干净的亚麻床单。他想着玛丽安，她是个多么内敛、独立的人，她会来他家，和他上床，还觉得没必要告诉任何人。她只是任由事情发生，好像什么对她来说都无所谓。

洛兰那天下午回到家。她还没把钥匙放桌上就问：是洗衣机在响？康奈尔点点头。她弯下腰，透过圆窗看进滚筒内部，他的床单在泡沫里翻滚。

我就不问了，她说。

什么？

---

① 爱尔兰家庭中常见的橱柜，通常设在房内热水系统附近，用热量烘干半湿的衣物。

她开始灌水壶，他靠在厨房料理台边。

我就不问你为什么要洗床单了，她说。

他翻了翻白眼，纯粹是为了做出一点表情。你老是往最坏的地方想，他说。

她笑了，把壶放回底座，按了开关。不好意思啊，她说，我肯定是你的同学母亲里最宽容的了。你只要用避孕套就行，想干吗就干吗。

他什么也没说。水壶开始加热，她从橱柜里取出一只干净杯子。

怎么样？她说，我猜对了吗？

什么对不对？我当然没趁你不在和谁不戴套就上床。老天。

继续说啊，她叫什么名字？

他走了出去，上楼时他还能听见他母亲的笑声。她总是拿他的人生取乐。

周一在学校里，他强迫自己不去看玛丽安，不和她发生任何互动。他怀揣着这个秘密四处走，它又大又烫，像只盛满热饮的盘子，他走到哪儿都得端着它，还不能洒。她和平时一样，仿佛什么都没发生，照常在储物柜前读书，跟别人发生毫无意义的争执。周二吃午饭时，罗布问起康奈尔的母亲在玛丽安家干活的事，康奈尔吃着饭，努力不露出任何表情。

你会一个人进她家吗？罗布问。

康奈尔晃晃手里的薯片袋，朝里看。进去过几次，他说。

里面什么样子？

他耸耸肩说，不好说。当然了，很大。

她在自己的地盘是什么样的？罗布问。

我不知道。

她肯定把你当她管家，是不是？

康奈尔拿手背擦了擦嘴。一股油腻感。薯片太咸了，他感到头痛。

我不这么觉得，康奈尔说。

但你妈相当于她的女佣，不是吗？

好吧，她就是去打扫卫生。她每周去那儿两次，她们不怎么交流。

玛丽安会不会拿个小铃铛呼叫你妈，嗯？罗布说。

康奈尔什么也没说。他那会儿还没搞清楚自己和玛丽安是怎么回事。和罗布交谈后，他告诉自己，一切都结束了，他只是跟她上了一次床，看看究竟是什么感觉，他不会再见她了。可就在他这么对自己说的时候，他能听见大脑另一半里的声音说：不，你还会的。他从不知道自己还会有这种意识，这种渴望实现最变态最隐秘的欲望的莫名冲动。那天下午，坐在后排上数学课，玩圆场棒球的时候，他发现自己幻想着她。他想象着她湿润的小嘴，突然就无法呼吸，得使劲往肺里充气。

那天下午放学后他去了她家。一路上他把车上的收音机开到很响，不去想自己在做什么。上楼时他什么都没说，听她说话。真好，她一直说。感觉真的很好。她的身体柔软白净，像面团。他的尺寸似乎刚好匹配她的身体。生理上他感觉刚刚好，他明白了人们为什么会为了性做那么多疯狂的事。事实上成人世界里很多他之前认为很神秘的东西，现在他都懂了。但为什么是玛丽安？她并不是特别好看。有人认为她是全校最丑的女孩。什么样的人会想跟她上床？可他就在这儿，不管他是什么样的人，反正是在和她做这件事。她问他舒不舒服，他假装没听见她。她四肢撑在床上，所以他看不见她的表情，也就无法看她表情猜想她在想什么。几秒之后，她很轻声地问：我做错什么了吗？双眼闭着。

没有，我很喜欢，他说。

她的呼吸一下子急促起来。他抓住她的臀部抵住自己的身体，然后轻轻放开了她。她发出一种仿佛被噎住的声音。他又做了一次，她说她要高潮了。很好，他说，仿佛自己在说一件再普通不过的事。突然，决定这天下午开车来玛丽安家变得非常正确而明智，或许是他这辈子做过的唯一一件明智的事。

事后，他问她避孕套扔哪里。她把头埋在枕头里说：就扔地板上吧。她的脸粉红湿润。他照她说的做了，然后躺回床上，看着天花板上的灯。我太喜欢你了，玛丽安说。康奈尔感到一种让人愉悦的忧伤，几乎叫他落泪。痛楚的时刻就这样降临，没什么意义，至少难以琢磨。他看得出来，玛丽安过着一种极度自由的生活，而他则身陷诸多顾虑中。他介意别人对他的看法。当然了，他甚至在乎玛丽安怎么看他。

好几次他试图把自己对玛丽安的感受写下来，好厘清思绪。他渴望用文字去精确描述她长什么样，怎么说话。她的发型和穿着。她午餐时在学校餐厅读的《去斯万家那边》，封面是一幅深色的法国油画，薄荷绿的书脊。她修长的手指翻动着书页。她过着和别人不一样的生活。她有时表现得如此成熟，让他觉得自己无知，但有时她又那么天真。他想知道她是怎么思考的。如果跟她说话时他暗暗决定不说什么，玛丽安一两秒内就会问："怎么了？"这句"怎么了"对他来说包含了如此多的信息：它不仅说明她如法医般细致入微地观察着他的沉默，所以才会问这个问题，还说明她渴望和他毫无保留地沟通，仿佛任何未说出口的话都会令人不快地打断他们的交流。他把这些思绪写下来，冗长的非独立从句，有时用不断气的分号连接，仿佛他想精确地将玛丽安复制在纸上，仿佛这样就能将她完整保存，以便日后重读。然后他在笔记本里翻开新的一页，免得看到刚才写下的东西。

你在想什么？玛丽安开口问。

她把头发捋到耳后。

填志愿，他说。

你应该报圣三一的英文系。

他又盯着网页看。最近他满脑子都在想一件事，他感觉自己实际上是两个人，很快他就必须选择其中一种作为全职，把另外那种抛在身后。他在卡里克里[①]过得很好，有很多朋友。如果他去戈尔韦上大学，他基本上可以继续和原来的圈子待在一起，照他一直以来计划的那样过下去，拿个好学位，找个好女朋友。大家会说他有出息。另一方面，他可以像玛丽安一样去圣三一。他

① 卡里克里（Carricklea）是作者虚构的地名，也就是玛丽安和康奈尔的家乡，位于爱尔兰西部的斯莱戈郡。

的人生会截然不同。他会去晚宴，谈论欧盟对希腊的救助。他会和某些长得很怪的女孩上床，然后发现她们是双性恋。他会跟她们说，我读过《金色笔记》。这是真的，他的确读过。然后他就再也没法回到卡里克里，他会去别的地方，伦敦或者巴塞罗那。大家不一定会觉得他有出息；有人或许会认为他混得很差，其他人会把他忘得一干二净。洛兰会怎么想？她会希望他过得快乐，而不在乎别人怎么说。但过去那个康奈尔，那个他朋友们认识的康奈尔，某种意义上就死了——或者更糟——他就被活埋了，在地下尖叫。

那我们就都在都柏林了，他说，我敢打赌要是我们偶遇，你肯定会假装不认识我。

玛丽安一开始什么都没说。她越是沉默他就越紧张，仿佛她真的会假装不认识他，而一想到自己不值得她注意，他就感到恐慌，不仅是对玛丽安感到恐慌，还对他自己的未来、他的可能性感到恐慌。

然后她说：我永远不会假装不认识你的，康奈尔。

她说完后的沉默变得非常强烈。他一动不动地躺了几秒钟。当然了，他在学校假装不认识玛丽安，但他没想到要提这个。他别无他法。如果大家发现他和玛丽安在私底下干的事，而他表面上在学校天天无视她，他的人生就完了。他经过走廊时大家会追着他看，仿佛他是个连环杀手，或者更坏的人。他的朋友不会想到他是一个离经叛道的人，会在大白天完全清醒的状态下对玛丽安·谢里登说“我可以在你嘴里射吗”。和朋友在一起时他表现得很正常。他和玛丽安在他的房间里过着一种私密的生活，没人能打扰他们，所以也没理由把两个不同的世界混在一起。尽管如此，他还是感觉在和她讨论的过程中，自己越来越站不住脚，于是这个话题才会冒出来，哪怕这不是他的本意。这下他必须说点什么了。

你不会这么做？他说。

不会。

好吧，那我就填圣三一的英文系了。

真的吗？她说。

嗯。反正我本来也不在乎能不能找到工作。

她对他微微一笑，仿佛她赢了这场争论。他喜欢带给她这种感受。有一瞬间，他觉得自己可以保留两个世界，两种人生，他可以在二者间穿梭，像穿过一扇门般简单。他可以获得玛丽安这样的人的尊重，同时在学校受人喜爱，他可以有秘而不宣的观点和喜好，不会有什么冲突，他永远不用在二者间做出选择。他只需要一点点的伪装，就能存在于两种完全独立的生活里，永远不会直面那个终极问题：他该怎么活，他是怎样的人。这个念头带给他莫大的安慰，有几秒钟，他避开了玛丽安的双眼，想让这个信念再多撑一会儿。他知道一旦自己看向她，就没法继续相信它了。

六周后（2011 年 4 月）

名单上有她的名字。她给门卫看了身份证。室内灯光暗淡，像洞穴一般，隐隐泛紫，一侧是长吧台，下几层台阶就是舞池。屋里有馊酒味和小而扁的干冰圈。筹款委员会的其他几个女孩已在一张圆桌边坐着，读着名单。嗨，玛丽安说。她们转过来看她。

嗨，莉萨说，你打扮打扮还是挺不赖的嘛。

你看起来很漂亮，卡伦说。

雷切尔·莫兰什么也没说。大家都知道雷切尔是学校最受欢迎的女孩，但没人可以这么说。他们的社交生活是分等级的，有人在最顶层，有人在中间挤挤搡搡，其他人在底下，而每个人都要假装对此浑然不觉。玛丽安有时认为自己在梯子最底下，有时却认为自己压根就不在梯子上，不受其运作机制的影响，因为她其实并不渴望受欢迎，也不想为了受欢迎去做什么事。在她看来，梯子并没有提供什么明显的回馈，即便是位于顶层的人也没获得什么回报。她揉了揉胳膊，说：谢了。有人想喝酒吗？我反正要去吧台。

我以为你不喝酒的，雷切尔说。

我来一瓶西海岸果味白葡萄酒，卡伦说，要是你确定要去的话。

酒精饮料里玛丽安只喝过红酒，但到吧台后她决定点一杯金汤力。男调酒师在她说话时公然盯着她的胸看。玛丽安此前完全不知道，影视作品之外男人们居然真的会干这种事，这让她体会到一点身为女性的刺激。她穿着一条轻薄的贴身黑裙。这地方几乎还是空的，尽管严格说来活动已经开始了。她回到桌边，卡伦对她感激不尽。我一会儿还你，她说。不用了，玛丽安挥着手说。

人终于开始来了。音乐响了起来，吵吵嚷嚷，是天命真女①的混音歌单。雷切尔递给玛丽安一本抽奖券，向她解释票价规定。她们把玛丽安选进毕业舞会筹款委员会，多半是为了看她笑话，不过她本来就得帮忙组织活动。她拿着抽奖券簿，继续在其他女孩身边逗留。她习惯了远远地观察甚至是研究她们，而今晚，她不得不和她们交谈，对她们礼貌地微笑，她不再是一个观察者，而变成一个入侵者，一个尴尬的入侵者。她卖了些奖券，从女包零钱袋里找零，买了更多的酒，望了望大门，然后失望地看向别处。

男生怎么还没到？莉萨说。

在所有可能来的男生中，玛丽安知道莉萨具体说的是谁：罗布，莉萨分分合合的男友；还有他的朋友埃里克、杰克·海因斯和康奈尔·沃尔德伦。他们的迟到没有逃过玛丽安的注意。

他们要是不来我要杀了康奈尔，雷切尔说，他昨天跟我说了他们一定会来。

玛丽安一言不发。雷切尔经常这样谈起康奈尔，暗示他俩私

① 天命真女（Destiny’s Child）是美国的女子流行演唱组合，在2005年解散。

下的对话，仿佛他们是密友。康奈尔对此视而不见，可要是玛丽安在和他独处时影射雷切尔的做法，他也装作没听见。

他们大概还在罗布家热身，莉萨说。

他们来的时候肯定全都喝废了，卡伦说。

玛丽安从包里拿出手机，跟康奈尔发了条短信：你的缺席已经激起热烈讨论。你究竟还来不来？三十秒内他就回复：来的。杰克刚才吐得到处都是，我们得给他叫出租车什么的。不过我们马上就出发了。你跟她们社交得怎么样了。玛丽安回复：我现在是全校最受欢迎的女生了。大家都把我举起来在舞池里转悠，高呼我的名字。她把手机放回包里。此刻对她来说最刺激的事莫过于说：他们马上就要出发了。那一刻她会拥有多么可怕又令人困惑的地位，这又会带来多少动乱，多少破坏。

尽管玛丽安从未离开过卡里克里，她对这个地方并不特别熟。她不去主街的酒吧喝酒，截至今晚她从没来过这家全镇唯一的夜店。她从没去过诺克利昂的住宅区。她不知道那条脏兮兮的棕色河流叫什么，只知道它经过那家森塔拉便利店，又从教堂停车场背后绕过，流水中翻滚着薄塑料袋。她也不知道它接下来流向哪儿。谁会告诉她这些呢？她出门要么是去学校，要么是周末被逼着去教堂做弥撒，还有就是趁康奈尔家没人时去找他。她知道去斯莱戈要多久（二十分钟），但附近其他镇的方位，它们和卡里克里比谁大谁小——这些对她来说都是谜。库拉尼、斯古林、巴利沙达，她基本确定这些都在卡里克里附近，对这些名字也有模糊的印象，但不知道它们具体在哪儿。她从没去过体育中心。她从没去那个废弃的帽子工厂喝过酒，只有一次坐车时经过了那里。

她同样不可能知道镇上哪些是好人家，哪些不是。她想知道这些信息，这样她就可以更彻底地否定它们。她来自一个好人家，而康奈尔不是，这点她知道。沃尔德伦一家在卡里克里一带臭名昭著。洛兰的一个兄弟坐过牢，玛丽安不知道具体原因；洛兰的另一个兄弟几年前骑摩托车下环岛时出车祸，差点送了命。当然还有洛兰，十七岁就怀了孕，辍学去生孩子了。尽管如此，如今康奈尔还是挺抢手。他爱学习，是足球队中锋，长得帅，也不打架。人人都喜欢他。他很安静。就连玛丽安的母亲也会赞许地说：那小子一点不像沃尔德伦家的。玛丽安的母亲是律师。她过世的父亲也是。

上周，康奈尔提到一个叫“鬼屋”的地方。玛丽安从没听过，她于是问他那是什么。他眉毛竖了起来。就是那个鬼屋啊，他说。山景住宅区。就在学校背面。玛丽安之前模糊地知道学校背后的空地在进行什么施工，但她不知道那里已经建起住宅区了，也不知道里面没住人。大家都去那儿喝酒，康奈尔补充道。哦，玛丽安说。她问他那里是什么样的。他说要是能带她去看看就好了，可惜那里老是有人。他总是轻飘飘地说一些“要是”能发生的事。她每次走的时候，他会说你要是不用走就好了，或者要是你能在这儿过夜就好了。玛丽安知道，要是他真的希望其中任何一件事发生，它们都会发生。康奈尔总是心想事成，如果他想要的无法让他快乐时，他就觉得自己可怜。

不过他最后还是带她去了鬼屋。一天下午，他开车载她过去，先下车确保附近没人了，才让她跟着他走。那些房子都很大，光溜溜的水泥表面，房前草坪上杂草丛生。有些空窗户洞上还蒙着塑料薄膜，在风中大声扑腾。外面正在下雨，她把外套忘车上了。她双臂交叉，眯起眼看着被雨打湿的石材屋顶。

想不想进去看看？康奈尔问。

23号房的前门没锁。房子里比外面更安静，更昏暗，脏兮兮的。玛丽安拿鞋尖戳了戳一只空苹果汁瓶子。地板上全是香烟屁股，还有人把一张床垫拽进空无一物的客厅里。床垫污迹斑斑，受了潮，看上去还沾了血。好脏啊，玛丽安说。康奈尔没说话，只是四下张望。

你经常在这儿玩吗？她问。

他耸耸肩。还行，他说，以前多一点，现在不了。

请告诉我你从没在那床垫上做过爱。

他心不在焉地笑了。没有，他说，你以为我周末的时候就在干那个，嗯？

差不多。

他什么也没说，这让她感觉更糟了。他漫无目的地踢向一只压扁了的荷兰金啤罐，那易拉罐一路滑向落地玻璃门。

这差不多是我家面积的三倍吧，他说，你觉得呢？

她觉得自己很蠢，居然没意识到他在想这个。大概吧，她说，不过我还没看过楼上是什么样。

四间卧室。

老天。

就这么空着，没人住，他说，要是卖不出去他们干吗不把这些房子分出去？我不是在跟你犯傻，我是真诚地在问。

她耸耸肩。她也不太明白为什么。

跟资本主义有关吧，她说。

对。什么事都和资本主义有关，这才是问题所在，是不是？

她点点头。他看向她，如梦初醒。

你冷吗？他问，你看起来冻得不行。

她微微一笑，揉了揉鼻子。他脱下黑外套，披在她肩上。他们站得非常近。只要他想，她可以躺在地上，让他从她身上跨过去。他知道的。

我周末出门不是去追别的女生什么的，他说。

玛丽安笑了，说：不，我猜是她们追你。

他咧嘴一笑，低头看鞋。你对我的看法非常奇怪，他说。

她拿手指攥紧他的校服领带。生平第一次，她能说一些耸人听闻的话，可以爆粗口了，所以她说了许多。如果我想让你在这儿操我，你会不会做？她问。

他的表情没有变，只有双手在她的针织套衫上移动，表明他在听。几秒后他说：会吧。要是你想的话，没错。你老是逼我做这么奇怪的事。

这话什么意思？她问，我没法逼你做任何事。

不，你可以的。你以为我会和别人干这种事吗？真的，你觉得有谁能让我放学之后偷偷摸摸干这些事？

那你要我怎么做？离你远点吗？

他看着她，似乎被谈话的走向弄得措手不及。他摇摇头，说：你要是那么做的话……

我要是那么做了，会怎样？她说。

不知道。你是说，要是你不再想见我了？老实说我会很惊讶，因为你好像很享受的样子。

如果我遇到一个比你更喜欢我的人呢？

他笑了。她气恼地转过身去，挣开他的手，双臂环抱在胸前。他说，嘿。但她没有转身。她面朝那张恶心的床垫，上面满是锈色污渍。他温和地凑到她身后，撩起她的头发，亲上她的后脖子。

对不起，我不该笑你，他说，你让我觉得不安，说什么再也不想和我在一起了。我还以为你是喜欢我的。

她闭上双眼，说：我的确喜欢你。

好吧，如果你遇到你更喜欢的人，我会很郁闷，行了吧？既然你问了，我就直说了。我会难过的。行了吧？

你朋友埃里克今天当着大家的面说我平胸。

康奈尔顿了顿。她感觉到他的呼吸。我没听见，他说。

你在厕所还是哪儿。他说我看起来像个熨衣板。

妈的，他真是个混蛋。所以你今天心情才不好的吗？

她耸耸肩。康奈尔双手绕过她的腹部。

他就是想惹你生气，他说，他要是觉得自己有一丁点儿希望和你交往，他说的话就完全不一样了。他只是觉得你瞧不起他。

她又耸了耸肩，咬住下唇。

你对自己的外貌没什么好担心的，康奈尔说。

嗯。

相信我，我喜欢你不光因为你聪明。

她笑了，觉得自己很傻气。

他拿鼻子摩擦她的耳朵，然后说：要是你再也不想见我了，我会想你的。

你会想念和我上床吗？她问。

他把手贴上她的髋骨，拉她向后撞上自己的身体，然后轻轻地说：我会非常想的。

我们现在能回你家吗？

他点点头。他们一动不动地在那儿站了几秒钟，他的手臂将她环绕，他的气息在她耳畔。玛丽安心想，绝大多数人，一辈子都不会和另一个人感到如此亲密。

终于，她喝完第三杯金汤力时，大门被人踢开，小伙子们到了。委员会的女孩们站起来，开始调戏他们，抱怨他们这么晚才来什么的。玛丽安站在她们后面，希望康奈尔能迎上她的目光，但他没有。他穿着一件纽扣领的白衬衫，脚上套着那双他去哪儿都穿的阿迪达斯运动鞋。其他男生也穿着衬衣，但看起来更正式，更光鲜，而且配了舞会皮鞋。空气中有浓郁的须后水味，让人心潮澎湃。埃里克注意到玛丽安，一下松开了卡伦，他的动作太明显，其他人也跟着转了过来。

可以啊，玛丽安，埃里克说。

她没法当即判断他是在真诚地赞美还是讽刺。所有男生都转过来看她，除了康奈尔。

真心的，埃里克说，裙子很漂亮，非常性感。

雷切尔笑了起来，她凑近康奈尔，跟他耳语了什么。他轻轻转过脸，没有跟着笑。玛丽安感到脑部有种压迫感，想要通过尖叫或哭泣来释放它。

咱们去跳个舞吧，卡伦说。

我从没见过玛丽安跳舞，雷切尔说。

好吧，你现在就能看了，卡伦说。

卡伦牵过玛丽安的手，拉着她走向舞池。舞池里正在放坎耶·维斯特的歌，那首用了柯蒂斯·梅菲尔德作品采样编曲的歌。玛丽安一只手还拿着奖券簿，另一只手被卡伦握得汗涔涔的。舞池很挤，贝斯的震动透过鞋传上大腿。卡伦一只胳膊搭在玛丽安肩上，醉醺醺的，对着她耳语道：别理雷切尔，她今天心情不好。玛丽安点点头，身体跟随音乐摆动。她感到醉意，转头环视房间，想知道康奈尔在哪里。她很快就看到了他，他站在楼梯顶层，正在看她。音乐太响了，几乎在她体内震动。他身边的人有说有笑。他只是看着她，什么也没说。在他的注视下她的动作仿佛被放大了，几乎显得放荡，卡伦搭在她肩上的手臂很沉，又烫又性感。她向前摆动臀部，一只手松松地从发间穿过。

卡伦跟她耳语，说：他一直在看你。

玛丽安看看他，又看看卡伦，什么也没说，努力不让表情泄露任何东西。

所以你知道雷切尔为什么不待见你了，卡伦说。

卡伦说话时，玛丽安能闻到她呼出的白葡萄汽酒的味道，能看见她补的牙。她在那一刻非常喜欢她。她们又跳了一会儿，然后一起上楼，手牵手，上气不接下气，一路傻笑。埃里克和罗布假装在争吵。康奈尔几乎令人难以察觉地转向她，和她手臂相碰。她想拾起他的手，用嘴一一吮吸他的指尖。

雷切尔转向她说：你要不还是卖点奖券？

玛丽安微微一笑，露出的笑容有点得意，几乎带着轻蔑。她说，好。

我觉得那群人估计想买点，埃里克说。

他冲着大门点点头，有几个比他们岁数大些的男人刚到。他们按理不该进来，夜店说了只有拿票的人才能进。玛丽安不知道他们是谁，大概是谁的哥哥或表哥，或者只是些二十啷当的男青年，喜欢跟筹款的中学生玩。他们看到埃里克招手，就走了过来。玛丽安在包里找零钱包，以备他们真的想买点奖券。

埃里克，最近怎么样？其中一个男人说，介绍下你这位朋友？

那是玛丽安·谢里登，埃里克说，要我说，你肯定认识她哥哥艾伦，他和米克是一级的。

那男人点点头，上下打量玛丽安。她对他的关注毫不在意。音乐太吵了，她听不见罗布在跟埃里克耳语什么，但她觉得他说的话和她有关。

我给你拿杯酒吧，那人说，你要喝什么？

不用，谢谢，玛丽安说。

这时那人的手臂溜过来，揽住了她的肩膀。她注意到他非常高，比康奈尔都高。他的手指揉着她裸露的手臂。她想耸肩挣脱他的手，但他始终不放。他的一个朋友笑起来，埃里克也一起笑了。

裙子真漂亮，那人说。

你能放开我吗？她说。

胸口开得很低啊，是不是？

他搭在她肩上的手一口气滑下去，捏了捏她的右胸，当着所有人的面。她立刻甩开他，把裙子拉至锁骨，感到脸涨得通红。她的眼睛开始刺痛，他抓过的地方很疼。身后其他人都在笑。她能听见他们的笑声。雷切尔也在笑，笑声在玛丽安耳里像某种尖厉的笛声。

玛丽安头也不回地走了出去，任由门在她身后砰地关上。她站在带衣帽间的走廊里，不记得出口在右还是左。她浑身都在发抖。衣帽间的服务员问她还好吗。玛丽安甚至不知道自己有多醉。她朝着左边一扇门走了几步，然后背靠着墙，往下滑，直到坐在地上。胸部被那个男人抓过的地方还在疼。他不是在开玩笑，他想伤害她。她坐在地上，把双膝紧抱在胸前。

走廊那头的门开了，卡伦走出来，埃里克、雷切尔和康奈尔跟在后面。他们看见玛丽安坐在地上，卡伦跑过来，其他三人站在原地，或许不知道该做什么，或许什么都不想做。卡伦在玛丽安面前蹲下来，摸着她的手。玛丽安的眼睛很酸，她甚至不知道该往哪儿看。

你还好吧？卡伦问。

我还好，玛丽安说，对不起，我觉得我喝太多了。

别管她了，雷切尔说。

你听我说，那就是开个玩笑，埃里克说，你要是跟帕特熟的话，你会觉得他还挺靠谱的。

我觉得很好笑，雷切尔说。

卡伦飞快地转过身，看着他们，问：你们要是觉得这么好笑你们干吗要出来？你们干吗不继续跟你们的好朋友帕特斯混，要是你们觉得骚扰小女孩这么好笑的话？

玛丽安哪里小了？埃里克说。

我们当时都在笑，雷切尔说。

不是这样的，康奈尔说。

大家听了都转过来看他。玛丽安看着他。他们四目相对。

你没事吧？他问。

哦，你要亲她一下给她安慰吗？雷切尔说。

他涨红了脸，手摸上眉毛。大家还在注视着他。玛丽安的背感到墙壁的凉意。

雷切尔，你干吗不滚远一点？康奈尔说。

玛丽安看见卡伦和埃里克瞪大双眼，对视了一眼。康奈尔在学校从没说过这种话。这么多年，她从没见他表现出攻击性，被挑衅时都没有。雷切尔扭头走回了夜店。门顺着铰链沉重地关上了。康奈尔继续揉了一会儿眉毛。卡伦用嘴型跟埃里克说话，玛丽安不知道她说了什么。然后康奈尔看着玛丽安，问：你想回家吗？我开车来的，可以载你。她点点头。卡伦扶她站起来。康奈尔双手插在裤兜里，仿佛为了避免自己不小心摸到她。不好意思闹这么大事儿，玛丽安对卡伦说，我觉得自己很蠢。我平时不怎么喝酒的。

这不是你的错，卡伦说。

谢谢，你真好，玛丽安说。

她们又捏了捏手。玛丽安跟着康奈尔走向出口，绕过酒店侧面来到他停车的地方。这里光线昏暗，有点阴凉，夜店传来的音乐在他们身后隐隐震动。她坐上副驾座，系上安全带。他把驾驶那侧的车门关上，把钥匙插进点火开关。

不好意思发这么大脾气，她又说了一次。

不是你的错，康奈尔说，很抱歉他们几个在这件事上这么糊涂。他们觉得帕特人好，就因为他有时会在家里办聚会。好像只要你办聚会就可以胡作非为一样，我真是不懂。

他下手很重。

康奈尔没说话。他的手把方向盘攥得紧紧的。他低头盯着大腿，然后飞快地呼气，听起来几乎像咳嗽。对不起，他说。然后他发动了车。他们在沉默中开了几分钟，玛丽安把额头抵在车窗上降温。

你想不想回我家待一会儿？他问。

洛兰不在吗？

他耸耸肩，手指轻轻敲打着方向盘。她估计已经睡了，他说，我是说我们可以先玩一会儿，然后我再送你回家。要是你不想就算了。

万一她还没睡呢?

说真的她对这种事一直都很开明的。我真觉得她不会在意。

玛丽安看向窗外一掠而过的城市。她明白他的意思：他不在乎他母亲知不知道他们的事。没准她已经知道了。

洛兰看上去像个很好的家长，玛丽安说。

没错。我同意。

她一定很为你骄傲。你是学校男生里唯一长大了没学坏的。

康奈尔瞟了她一眼。我哪里没学坏?他问。

你什么意思?大家都喜欢你。而且你是个好人，和大多数人不一样。

他做出一个她读不懂的表情，像是扬了扬眉，或者皱了皱眉。到他家时所有窗户都是暗的，洛兰已经上床了。他们进了康奈尔的卧室，躺在一起说悄悄话。他说她很美。她从没听人这么说过，尽管她有时私下会这么觉得，但从别人那里听到的感觉不一样。她拿他的手去碰她胸部在疼的地方，他吻了她。她的脸湿湿的，她之前一直在哭。他亲吻她的颈。你还好吗?他问。她点点头，他把她的头发向后捋平，说，你觉得难过是很正常的，你知道吗。她躺下来，脸靠在他的胸口上。她觉得自己像一块柔软的衣料，被拧干了，在往下滴水。

你绝不会打女生的，是不是?她说。

天哪，不会。当然不会。你问这个干吗?

我不知道。

你觉得我是那种会到处打女生的人吗?

她把脸紧紧贴在他的胸口上。我爸以前会打我妈，她说。康奈尔沉默了几秒，时间长得让人难以置信。最后他说，老天。对不起。我以前都不知道。

没关系，她说。

他打过你吗?

有时候。

康奈尔再次陷入沉默。他俯下身，亲了亲她的额头。我永远都不会伤害你的，知道吗? 永远不会，他说。她点点头，什么也没说。你让我非常幸福，他说。他用手抚摸着她的头发，补充道：我爱你。我不是嘴上说说，我真的爱你。泪水再次涌入她的双眼，她闭上眼睛。即使日后回忆，这个瞬间仍会强烈得让她难以承受，她正在经历时就已经意识到了这一点。她过去认为自己不配得到任何人的爱。但现在她拥有了新的人生，这是它的第一个瞬间，哪怕多年后她仍会觉得：是的，我的人生，是从那一刻开始的。

两天后（2011 年 4 月）

他站在病床边，他母亲去找护士了。你就穿这么点儿吗？他外婆说。

什么？康奈尔说。

你就穿这么一件毛衣吗？

哦，对，他说。

这天早上康奈尔的外婆在奥乐齐超市的停车场滑倒了，摔坏了髋关节。她比其他病人都年轻，才五十八岁。康奈尔记得，玛丽安的母亲也是五十八岁。总之，他外婆的髋关节似乎情况不妙，可能骨折了，于是需要康奈尔开车载洛兰去斯莱戈镇上的医院看望她。病房另一头的床上有人在咳嗽。

我还行，他说，外面挺暖和。

他外婆叹了口气，仿佛他对天气的评价让她痛苦。大概的确如此，因为他做的一切都让她痛苦，因为她恨他还活着。她挑剔地上下打量着他。

好吧，你显然一点都没有遗传到你妈，是不是？

对，的确没有，他说。

洛兰和康奈尔的外貌是两种类型。洛兰一头金发，面容柔和，没有棱角。他的男同学们都觉得她很漂亮，也常跟康奈尔这么说。她大概真的很漂亮，那又怎样，他不觉得被冒犯。康奈尔的头发是深色的，脸轮廓分明，像一幅罪犯的肖像画。不过，他知道他外婆之意不在外貌，而是暗指他父亲的身份。所以，好吧，对此他无话可说。

除洛兰之外没人知道康奈尔的生父是谁。她说他什么时候想问了就可以问，但他真的不在乎。晚上出去玩时，他朋友有时会提起他父亲，好像这个话题很深刻很有意义，只有喝醉了才能聊。康奈尔觉得这很压抑。他从未想过那个让洛兰怀孕的男人，他干吗要去想他？他的朋友们好像非常执迷于自己的父亲，要不就模仿他们，要不就以这样那样的方式努力和他们不一样。他们和父亲发生争执时，总是表面上争的是一回事，底下还藏着一层隐秘的意义。康奈尔和洛兰吵架往往是为了扔在沙发上的一条湿毛巾，仅此而已，真的就只是关于那条毛巾，最多再关于康奈尔是不是有粗心大意的毛病，他希望洛兰不要因为他乱扔毛巾就认为他是个不负责任的人，而洛兰说如果他真的想被视作一个负责的人，就应该在行动上表现出来，诸如此类。

二月底，他开车载洛兰去票亭投票，路上她问他要投给谁。某个独立党候选人，他含混地说。她笑了。让我来猜，她说，共产党员德克兰·布里。康奈尔没理她，继续看路。他说，要我说，这个国家需要一点共产主义。透过眼角他能看见洛兰在微笑。她说，得了吧，同志。我才是那个给你灌输良好社会主义价值观的人，你忘了？洛兰的确有价值观。她对古巴感兴趣，也关注巴勒斯坦独立运动。最后康奈尔的确投给了德克兰·布里，他在第五轮时[①]被淘汰了。三个席位里有两个最终落在爱尔兰统一党[②]，剩下那个归于新芬党[③]。洛兰说这简直是个耻辱。就是换了群罪犯，她说。他发短信给玛丽安：爱统当选了，我操。玛丽安回道：佛朗哥之党[④]。康奈尔还得去查那句话是什么意思。

那天晚上玛丽安说她觉得他长成了一个好人。她说他很友善，人人都喜欢他。他发现自己一直在想她这句话。想这句话让他很愉悦。你是个好人，大家都喜欢你。为了考验自己，他会努力不去想它，然后再来想它，看它是不是还让他感到愉悦，的确如此。不知为何他希望自己能把玛丽安这句话说给洛兰听。他觉得这在某种程度上能让洛兰安心，但是对什么感到安心呢？她儿子不是个一无是处的人？她没有浪费自己的人生？

我听说你要去圣三一大学，他外婆说。

嗯，要是我分够的话。

你怎么惦记上圣三一了？

他耸耸肩。她笑了，带着嘲讽。哦，对你来说算不错了，她

---

① 爱尔兰选举采用“单一选票让渡”的比例代表制，政党得票数与席位成正比，制定最低当选票数，由选民自主选择属意的候选人。如得票最高者票数未达到最低当选票数，则将票数最低者剔除，将其票数转移给其他候选人，直到产生票数达到最低当选票数的候选人。

② 统一党是爱尔兰当前执政党，属中间或中间偏右党派，奉行自由保守主义、基督教民主主义等意识形态。

③ 新芬党是爱尔兰左翼政党，支持爱尔兰共和主义、民主社会主义。

④ 弗朗西斯科·佛朗哥（1892—1975）为西班牙独裁者。他于1936年发动叛乱，挑起西班牙内战，后成功统一全国，建立法西斯主义独裁政权。由于此前共和政府曾迫害天主教会，爱尔兰统一党派出天主教志愿军参战帮助佛朗哥叛军，因此有历史学家认为统一党早期曾亲近欧洲法西斯主义。

说，你要去学什么？

康奈尔克制住自己，没从裤兜里掏出手机看时间。英文系，他说。得知他第一志愿填了圣三一，他的舅舅舅妈都大为赞叹，这让他有点尴尬。要是他真的被录取了，他有资格申请全额生活补助金，但是就算有补助金，他也必须在夏天全职打工，学期中至少也得做兼职。洛兰说她不希望他上大学时打太多工，希望他能专心读书。这让他很内疚，因为英文系不是能让你找到工作的那种“货真价实”的学位，它不过是个笑话，于是他觉得自己说不定真的应该报法律系。

洛兰回到病房。她的鞋在瓷砖上发出单调的啪嗒声。她跟外婆聊起休假去了的会诊医生、奥马利医生，还有 X 光片的事。她很仔细地向外婆转达了这些信息，把最重要的事写在一页笔记本纸上。最后，外婆亲了亲康奈尔的脸，他便和洛兰一道离开了。他在走廊里用洗手液消毒，洛兰在一旁等他。然后他们走下楼梯，走出医院，来到明亮、湿濡的阳光当中。

那天晚上筹款会后，玛丽安把她家的事告诉了他。他当时不知道该说什么，于是跟她说他爱她。他就那么说了出来，就像你要是摸了什么烫的东西，会把手抽回来一样。她当时在哭，他说话时没过脑子。他真的爱她吗？他对爱情了解得太少，不知道答案。一开始他觉得这肯定是真的，既然他说了这话，他干吗要撒谎？但他又记起自己有时的确会撒谎，哪怕没有打算或没有缘由说谎。这不是他第一次想告诉玛丽安他爱她，不管这是真是假，但这是他第一次屈服于这种冲动，说出了口。他注意到她花了很长时间才回答，她的迟疑让他介意，仿佛她可能不会有所回应一样，当她回应之后他感觉好多了，但或许这并不代表什么。康奈尔希望自己知道别人私下里是怎么生活的，这样他就能模仿他们。

第二天早上，他们被洛兰插钥匙进锁孔的声音吵醒。外面很亮，他的嘴很干，玛丽安已经坐了起来，在穿衣服。她一味地说，对不起，不好意思。他们肯定稀里糊涂睡过去了，他原本打算昨晚送她回家的。她穿上鞋，他也穿上了衣服。他们下楼时看见洛兰站在走廊里，提着两塑料袋的蔬果杂货。玛丽安穿着前一天晚上的裙子，那条吊带黑裙。

你好，亲爱的，洛兰说。

玛丽安的脸红得像只灯泡。不好意思打扰了，她说。

康奈尔没有碰她，也没跟她说话。他胸口疼。她走出前门，一面说，再见，不好意思，谢了，对不起。还没等他下楼梯，她就把门在身后关上了。

洛兰抿着嘴，像在努力憋住笑。你来帮我把东西收拾一下，她说。她把其中一个袋子递给他。他跟着她进了厨房，看都没看就把那袋东西放在桌上。他揉着脖子，看她把东西从袋子里拿出来，收拾归位。

有什么好笑的？他说。

她没必要看我回来了就那样溜掉，洛兰说，我很高兴看到她，你知道我很喜欢玛丽安。

他看着母亲把能再利用的塑料袋折了起来。

你以为我不知道吗？她说。

他闭上眼睛，过了几秒后睁开。他耸了耸肩。

我知道有人下午会来我们家，洛兰说，而且我又在她家干活，你懂的。

他点点头，说不出话来。

你肯定真的很喜欢她，洛兰说。

为什么这么说？

你不是为这个才去圣三一的吗？

他把脸埋进手里。洛兰笑出声来，他听见了。你现在搞得我不想去了，他说。

哦，得了吧。

他的手探进刚才放在桌上的那袋东西，拿出一包干的细意面。他不自在地把它拿到冰箱边的柜子里，和其他意面放在一起。

所以玛丽安是你女朋友喽？洛兰问。

不是。

什么意思？你跟她上床但她不是你女朋友？

你在窥探我的隐私，他说，我不喜欢，这不关你的事。

他回到那袋东西边，拿出一盒鸡蛋，把它放在灶台上的葵花籽油旁边。

是因为她母亲吗？洛兰说，你觉得她会嫌弃你？

什么？

她可能会嫌弃你，你知道的。

嫌弃我？康奈尔说，莫名其妙。我做什么了？

我认为她可能会觉得我们跟她不是一个阶层的。

他越过厨房瞪着他母亲，看她把一盒超市自有品牌的玉米片放进柜子里。他之前从没想过玛丽安家会自认为比他和洛兰高一等，会不屑于和他们打交道。他惊讶地发现这个念头让他愤怒。

怎么，她觉得我们配不上他们？他说。

不知道。我们或许会知道答案。

她不介意你给她家做卫生，却不喜欢你儿子和她女儿一起玩？太搞笑了。这简直像十九世纪的观念，简直让我发笑。

你听起来不像在笑，洛兰说。

相信我，我在笑。太搞笑了。

洛兰合上柜子，转过身好奇地看着他。

那你这么遮遮掩掩干吗？她说，如果不是因为她母亲丹尼丝·谢里登的话，难道说玛丽安有男朋友，你不想让他发现？

你这些问题越来越侵犯个人隐私了。

这么说她的确有男朋友喽。

没有，他说，我不会再回答你问题了。

洛兰扬了扬眉毛，什么也没说。

他把空塑料袋放在桌上，然后停下来，手里揉着袋子。

你不会跟别人说的吧？他问。

越听越不对劲。我为什么不能跟别人说？

他硬下心肠，答道，因为对你没好处，反而会给我惹很多麻烦。他想了想，又狡猾地补充道，对玛丽安也是。

哦天哪，洛兰说，我觉得我都不想知道。

他继续等着，因为她还没有明确承诺会保密，最后她恼怒地举起双手，说，我多得是比你的性生活有趣的东西可以八卦，行了吧？别担心了。

于是他上了楼，坐到床上。他不知道时间过了多久，他就那么坐着。他想着玛丽安的家人，想着自己配不上她，还想着她前一天晚上跟他讲的事。学校里有些男生说过，有时女生会编故事来博眼球，说她们有过很惨的遭遇之类的。玛丽安跟他讲的故事的确挺博眼球的，她说小时候她爸会打她，而且她爸已经死了，所以他没法为自己辩白。康奈尔知道玛丽安有可能为了博得同情而撒谎，但他也知道，无比清楚地知道，她并没有撒谎。他甚至觉得她没有告诉他实情究竟有多糟。成为这件事的知情者，以这种方式和她相连，让他有点不安。

那是昨天的事了。今早他和往常一样提前到校，往储物柜里放书时，罗布和埃里克开始冲他装模作样地欢呼。他把包扔在地上，没理他们。埃里克把一只胳膊甩在他肩膀上，说：来啊，跟我们交代了。你那天晚上得手了吗？康奈尔从裤兜里摸出储物柜钥匙，把埃里克的胳膊从他肩上抖开。好笑得很，他说。

我听说你们一起离开时看起来很亲密，罗布说。

发生点什么了吗？埃里克说，老实讲。

没有，当然没有，康奈尔说。

为什么是当然？雷切尔问，大家都知道她喜欢你。

雷切尔坐在窗沿上，穿着半透明黑丝袜的腿缓慢地来回摆动。康奈尔没有和她对视。莉萨靠着储物柜坐在地板上写作业。卡伦还没来。他希望卡伦快点进来。

我敢打赌他来了发爽的，罗布说，他从来都不跟我们讲。

我不会为此而瞧不起你的，埃里克说，她打扮一下还不算丑。

没错，她只是脑子有问题，雷切尔说。

康奈尔假装在储物柜里找东西。他的双手和衣领下面开始冒出白色薄汗。

你们太毒了，莉萨说，她做什么惹到你们了？

问题是她对沃尔德伦做了什么，埃里克说，瞧他躲进储物柜那样子。快说，扭捏什么。你舌吻她了吗？

没有，他说。

我觉得她挺可怜的，莉萨说。

我也觉得，埃里克说，我觉得你应该补偿她，康奈尔。我觉得你应该邀请她去毕业舞会。

他们都爆笑起来。康奈尔关上储物柜，右手有气无力地提着书包，走了出去。他听到他们在喊他，但他没有转身。进厕所后他把自己关进小隔间里。黄色的墙向他压来，他脸上沾满了汗。他不停地想自己在床上对玛丽安说的话：我爱你。这太可怕了，感觉就像透过闭路电视，看着自己犯下一桩可怕的罪行。她一会儿就要来学校了，她会一面把书装进书包里，一面自顾自地微笑，对一切浑然不觉。*你是个好人，大家都喜欢你。*他极其不适地深吸一口气，然后吐了。

从医院开车出来，他打上左转灯，回到国道N16上。他的眼底很疼。他们沿着商场行驶，两旁是一排排深色树木。

你还好吧？洛兰问。

嗯。

你脸色不太好。

他吸了口气，吸得安全带有点勒到肋骨了，然后呼气。

我邀请雷切尔去毕业舞会了，他说。

什么？

我邀请雷切尔·莫兰跟我一起去毕业舞会。

他们刚好快要经过一个加油站，洛兰快速地拍拍车窗，说，在这儿停车。康奈尔转过头，一脸疑惑。什么？他问。她又拍了拍车窗，这次更用力，指甲在玻璃上嗒嗒响。停车，她又说了一次。他迅速打上右转灯，检查后视镜，然后靠路边停了下来。加油站旁有人拿着水管在冲一辆货车，水淌下来，聚成一道道深色水流。

你要去买什么东西吗？他问。

玛丽安跟谁一起去毕业舞会？

康奈尔心不在焉地攥着方向盘。我不知道，他说，你让我在这儿停下来，不是就为了跟我讨论这个吧？

所以可能不会有人邀请她，洛兰说，于是她根本就不会去。

嗯，或许吧。我不知道。

这天吃完午饭回教室的路上，他走在队伍后面。他知道雷切尔会看见他，然后在前面等他，他知道的。等她真的这么做了，他的双眼几乎紧紧闭上，眼前世界一片灰白，然后问道，嗯，有人邀请你去毕业舞会了吗？她说没有。他问她愿不愿意跟他一起去。好吧，她说，不过我得说，我原本期待你能问得更浪漫一点。他没回答，因为他觉得自己仿佛刚从高耸的悬崖上跳了下去，摔死了。他很高兴自己死了，他也不想活了。

玛丽安知道你要带别人去吗？洛兰问。

还没。我会跟她讲的。

洛兰的手盖在嘴上，他看不出她是什么表情。她可能感到惊讶、担忧，或者快要吐了。

你没想过你应该邀请她？她问，毕竟你每天放学都操她。

别说得这么难听。

洛兰吸气时鼻孔都发白了。那你想让我用什么词？她问，我是不是该说你利用她，把她当炮友，这样说是不是更准确？

你不要这么紧张好不好？没有谁在利用谁。

你是怎么让她保密的？你是不是跟她讲，她要是说出来不会有好下场？

老天，他说，当然没有。这是双方同意的，好吧？你太小题大作了。

洛兰自顾自地点着头，透过挡风玻璃往外看。他紧张地等她重新开口。

你同学不喜欢她，是不是？洛兰问，我猜你是怕他们要是发现了，会怎么说你。

他没有回答。

好吧，那让我来告诉你，我会怎么说你，洛兰说，我觉得你是我的耻辱。我为你感到羞耻。

他拿袖口擦了擦额头，说，洛兰。

她打开副驾侧的门。

你要去哪儿？他问。

我搭公车回家。

你在说什么啊？正常一点，好不好？

我要是待在车里，只会说些让我后悔的话。

这话什么意思？你干吗在乎我跟谁去不跟谁去啊？跟你又没什么关系。

她大力推开车门，下了车。你的反应太奇怪了，他说。作为回应，她把门狠狠地甩上。他痛苦地攥紧方向盘，但没说话。他本可以说，这他妈的是我的车！我说过你可以甩门了吗，啊？洛兰已经往前走了，她每跨一步，手提包就打在她的胯上。他看着她在转角拐弯。为了买这辆车，他放学后在加油站打了两年半的工，就为了载他母亲，因为她没有驾照。他现在其实可以跟在她后面，把车窗摇下来，喊她上车。他几乎想这么做了，但她不会理睬他。于是他坐在驾驶座上，头靠上头枕，听着自己愚蠢的呼吸声。加油站里，一只乌鸦啄着一只被扔掉的薯片口袋。一家人从便利店里出来，手里拿着冰激凌。汽油的味道充斥着车内的空气，沉甸甸的，像头疼的感觉。他重新发动了引擎。

四个月后（2011年8月）

她坐在花园里，戴着墨镜。连续几天天气都很好，她的手臂晒出了晒斑。她听见后门开了，但没动。艾伦的声音从院子里传来：安妮·基尔里考了将近五百七十！玛丽安没应他。她在椅边的草丛里摸到了防晒乳，坐起来抹时才注意到艾伦在打电话。

嘿！你们年级有人拿了六百分！他喊道。

她往左掌心里倒了点乳液。

玛丽安！艾伦说，有人拿了六个A1，听见没有！

她点点头。她缓缓地把右臂上的乳液抹匀，手臂抹得闪闪发亮。艾伦想知道谁拿了六百分。玛丽安一听就知道是谁，但她什么都没说。她又往左臂上涂了防晒乳，然后静静地躺回躺椅上，面朝太阳，闭上双眼。眼帘下红红绿绿的光波游来游去。

她今天早饭午饭都没吃，就喝了两杯加了糖和牛奶的咖啡。这个夏天她的胃口很小。早上醒来后，她在对面的枕头上把笔记本电脑打开，等眼睛适应矩形屏幕的光亮后，开始读新闻。她读关于叙利亚的长文，然后搜索文章作者的意识形态背景。她读欧洲主权债务危机的长文，放大图片，读上面字号很小的配文。然后她通常睡个回笼觉，或者去洗澡，或者躺下来自慰，直到自己高潮。剩下的时间也是相似的流程，伴随些许差异：她或许会拉开窗帘，或许不拉；或许会吃早饭，或许只喝咖啡。她会把咖啡带到楼上自己的房间里喝，这样就不用跟家里人见面。当然了，今天早上不一样。

嘿，玛丽安！艾伦说，是沃尔德伦！康奈尔·沃尔德伦拿了六百分！

她没动。艾伦对着手机说，没有，她只拿了五百九十。她现在肯定气炸了，居然有人得分比她高。你气炸了吗，玛丽安？她听见他问话了，但她没回答他。她的眼皮在太阳镜下感觉油油的。一只虫子嗡嗡地经过她的耳朵又飞走了。

沃尔德伦是不是跟你在一起，嗯？艾伦问，让他接电话。

你干吗叫他“沃尔德伦”，好像他是你朋友一样？玛丽安说，你认都不认识他。

艾伦抬起头，一脸坏笑。我跟他可熟了，他说，我昨天在埃里克家看见他了。

她后悔自己开口惹他。艾伦在院子里来回走动，她能听见他下到草地上时沙沙的脚步声。电话那头的人开始说话，艾伦脸上绽出一个强装开朗的笑容。你现在感觉如何？他说，干得漂亮，祝贺你。康奈尔的声音很低，玛丽安听不见。艾伦还在使劲地微笑。他跟外人在一起时总是这样，低声下气，阿谀谄媚。

嗯，艾伦说，她考得还行。但没你好！她拿了五百九十。要不要我叫她跟你说句话？

玛丽安抬起头。艾伦在开玩笑。他以为康奈尔会拒绝。他想不出康奈尔为什么会想跟玛丽安这个没朋友的失败者通话，尤其是在这么特别的一天。然而康奈尔同意了。艾伦的笑意消失了。

好，他说，不麻烦。他递过电话，让玛丽安接听。玛丽安摇摇头。艾伦睁大双眼。他猛地把手伸到她面前。拿着，他说，他想跟你说话。她再次摇头。艾伦粗暴地用手机戳她的胸口。他想跟你说话，玛丽安，艾伦说。

我不想跟他说，玛丽安说。

艾伦做出一副狂怒的表情，眼白都露出来了。他更用力地拿手机去捅她的胸骨，把她都弄疼了。答应一声，他说。她能听见接听器那头康奈尔嗡嗡的说话声。太阳直射在她的脸上。她从艾伦手中接过手机，手指一扫，把电话挂了。艾伦站在躺椅边干瞪眼。花园里有几秒钟鸦雀无声。然后，他低声说，你他妈干吗挂电话?

我不想跟他说话，她说，我跟你说了的。

他想跟你说话。

嗯，我知道他想。

天气晴朗得不像话，艾伦的影子打在草地上，对比鲜明，轮廓突出。她的手继续向外伸着，手掌松松地盛着手机，等她哥把它接过去。

四月时，康奈尔跟她说，他邀请了雷切尔·莫兰去参加毕业舞会。玛丽安当时坐在他的床边，装出一副很疏离很风趣的样子，让他不知所措。他跟她说这不是“恋爱”性质，他和雷切尔只是朋友。

你是说就像我们只是朋友一样，玛丽安说。

那倒不是。这不一样，他说。

你在跟她上床吗？

没有。我哪里还有时间？

你想跟她上床吗？玛丽安问。

不是特别想。我觉得我没那么难满足，我毕竟已经有你了。

玛丽安低头盯着手指甲。

我在开玩笑，康奈尔说。

我没看出哪里好笑。

我知道你在生我气。

我不在乎的，她说，我只是觉得，你要是想跟她上床的话应该跟我说。

好，我会跟你说的，要是我真的想。你说得好像问题在这里一样，但说实话我觉得问题不在这里。

玛丽安厉声问：那问题在哪里？他盯着她看。她又低下头盯着手指甲，满脸通红。他一言不发。最后她笑起来，因为她还没有完全失去兴致，而且这真的很好笑，他如此残忍地羞辱了她，还不愿向她道歉，甚至不愿承认他的所作所为。后来她回了家，直接上床，沉睡了十三个小时。

第二天早上她没有去上学。现在无论怎么看，她都已经没法回去上课了。很明显，没人会邀请她去毕业舞会。她组织了筹款活动，她订了场地，但她甚至没法参加舞会。所有人都会注意到这点，有人会开心，那些即便同情她的人也只会替她感到很尴尬。她成天窝在家里，拉上窗帘，昼夜颠倒地学习和睡觉。她母亲非常生气。门被砸得砰砰响。有两次玛丽安的晚饭被丢进了垃圾桶。

尽管如此，她是个成年人了，没人能强迫她穿上校服，忍受别人的目光和耳语。

休学后第二周，她走进厨房，看见洛兰跪在地板上洗烤箱。她微微直起腰，用橡胶手套下面露出的一截手腕擦额头上的汗。玛丽安咽了下口水。

洛兰说，你好，亲爱的。我听说你有几天没去上学了。一切还好吧？

嗯，还行，玛丽安说，其实我不会再去上学了。我发现我在家学习效率还要高些。

洛兰点点头，说：你怎么舒服怎么来。然后她又继续擦洗烤箱内侧。玛丽安打开冰箱找橙汁。

我儿子说你不接他电话，洛兰说。

玛丽安停下来，厨房的寂静在她耳中无比响亮，像急流发出的白噪音。她说，没错，我没接。

干得好，洛兰说，他配不上你。

玛丽安突然感到强烈的解脱，近乎恐慌。她把橙汁放在料理台上，关上冰箱门。

洛兰，你能不能叫他不要来这里了？好比说，他要是来接你什么的，能不能让他别进来？

哦，只要我在，他就永远别想进来了。你不用担心这个。我都想把他踢出家门了。

玛丽安笑了一下，觉得有点尴尬。他也没那么坏，她说，我是说，其实和其他同学比起来，他对我还是不错的，老实说。

洛兰听后，站起身来，摘掉了手套。她一言不发地把玛丽安揽入怀中，紧紧抱住。玛丽安用被憋得有点怪的声音说：没事的。我没事。别为我担心。

她对康奈尔的评价是真的。他没干什么十恶不赦的事。他没有骗她，让她以为自己是被人接受的；是她自己骗了自己。他只是拿她进行了某种秘密实验，而她居然心甘情愿被利用，这估计让他震惊。到头来他既同情她，又厌恶她。某种层面上，她替他难过，因为他今后都无法否认他曾和她上过床，这是他自己选的，他还很享受。这其实更多地揭示了他——这个照理说普通又健康的人——究竟是怎样的人，而不是她是怎样的人。她只在考试时才去学校。那时大家都开始传她进了精神病院。不过这些反正都不重要了。

你气他比你考得好吗？她哥哥问。

玛丽安笑了。她干吗不笑？她在卡里克里的人生已经结束了，接下来一段新的人生要么开始，要么不会。不久后她就要打包行李了：毛衣外套，短裙，两条绸缎裙子。一套带花的茶杯和茶碟。一个吹风机，一个煎锅，四条白色棉毛巾。一个咖啡壶。新生活的物品。

没有，她说。

那你干吗不跟他问好？

你去问他。你要是跟他那么要好，你就该问他。他自己清楚。

艾伦左手捏成拳头。没关系，反正都结束了。最近玛丽安在卡里克里散步，想着它天晴时有多美，图书馆上方的白云像粉笔灰，绵长的大道两旁栽着树。一只网球在蓝天下画出一道弧线。汽车在信号灯前减速，车窗放下来，音响里传出如泣如诉的音乐。玛丽安想知道在这里找到归属——在街上边走边和人打招呼微笑——是什么感觉。她想知道人生在这里发生而不是在远方发生是什么感觉。

这话什么意思？艾伦说。

你去问康奈尔·沃尔德伦，为什么我不跟他说话了。你要是想，你可以打回去，我很想听听他会怎么说。

艾伦用力咬住食指关节。他的手臂在颤抖。短短几周后，玛丽安就会和别人住在一起，会过上不一样的生活。但她自己不会变。她仍是她，困在自己体内。无论她去哪里，她都无法得到解放。不一样的地方，不一样的人，这又有什么关系？艾伦把指节从嘴里松开。

就好像人家他妈的在乎一样，艾伦说，我很惊讶他居然知道你的名字。

哦，其实我们以前走得很近。你要是想，也可以去问他，要是你乐意的话。不过你听了可能会有点不舒服就是了。

艾伦还没来得及回答，他们就听见屋里传来呼唤声和门合上的声音。他们的母亲回家了。艾伦抬起头，神色一变，玛丽安也感到脸不由自主地在转动。他低头扫了她一眼。你不该撒谎的，他说。玛丽安点点头，什么也没说。不要跟妈讲这些，他说。玛丽安摇摇头，说，我不会的。不过就算跟她母亲说了也没关系，真的。丹尼丝很久以前就认为男人可以对玛丽安施暴，从而表达自我。玛丽安儿时曾经抵抗过，现在她只会自我抽离，仿佛这不关她什么事，某种层面上也的确和她无关。丹尼丝认为这显示了她女儿冷漠又不可爱的人格缺陷。她认为玛丽安缺乏“温度”，也就是向恨她的人乞求爱的能力。艾伦进了屋。玛丽安听见推拉门合上的声音。

三个月后（2011 年 11 月）

聚会上的人康奈尔一个都不认识。来应门的人不是邀请他来的人，这人无所谓地耸耸肩，就放他进去了。他至今还没见到邀他来的加雷斯，他们一起上批评理论的研讨课。康奈尔知道一个人来参加聚会是个坏主意，但和洛兰通话时，她说这是个好主意。我一个人也不认识，他说。她耐心地说，你要是不出去见人，你就谁也不会认识。此刻他独自一人站在一个拥挤的房间里，不知道该不该把外套脱掉。在这里独自徘徊形同犯罪。他觉得周围的人都嫌他烦，都在强忍不去瞪他。

终于，就在他决定要走时，加雷斯进来了。见到他让康奈尔大松一口气，这又让他对自己感到厌恶，因为他跟加雷斯甚至算不上熟，也不是特别喜欢他。加雷斯伸出手来，康奈尔绝望地、诡异地发现自己在和他握手。这是他成人生涯中的一个低谷。大家正在看他们握手，他对此确信无疑。真高兴你来，哥们儿，加雷斯说，很高兴见到你。我喜欢你的双肩包，很九十年代。康奈尔背着一个极其普通的藏青色双肩包，上面没有任何特征能将它和聚会上数不清的背包区分开来。

呃，好吧，谢谢。他说。

加雷斯是那种参加各种大学社团的人气王。他毕业于都柏林一所很大的私立中学，总有人在校园里跟他打招呼：你好，加雷斯！加雷斯，你好啊！他们甚至隔着前庭广场就会跟他打招呼，就为了能让他挥手致意。康奈尔亲眼见过。我从前很受欢迎的。我以前是校足球队的，他想开玩笑地说。这里没人会觉得这个笑话好笑。

你要来点喝的吗？加雷斯说。

康奈尔带了半打苹果汁，但他不想再因为什么举动把注意力吸引到他的双肩包上，免得加雷斯又想对它评头论足。谢谢，他说。加雷斯穿过房间一侧的桌边，拿了瓶科罗娜啤酒回来。这个行吗？加雷斯问。康奈尔盯着他看了一秒，不知道他这么问是反讽，还是他真的在对自己卑躬屈膝。他没法判断，只好说，嗯，这个挺好，谢谢。大学里的人都这样，前一秒还自命不凡，后一秒又表现得低声下气，以展现自己有教养。在加雷斯的注视下，他啜了一小口啤酒。加雷斯咧嘴一笑，似乎不带任何嘲讽地说，你慢慢喝。

都柏林就是这样。康奈尔的所有同学都有着一样的口音，胳膊下夹着同一尺寸的苹果笔记本电脑。研讨班上他们激情洋溢地表达观点，开展即兴辩论。康奈尔既无法形成如此直截了当的观点，也无法有力地表达它们，刚开始，他强烈地感觉自己低人一等，仿佛他不小心升级到远高于自身水平的智力等级，连理解最基本的前提都很费劲。后来他渐渐开始纳闷，为什么课堂讨论总是这么抽象，缺少实质性细节，最终才意识到，绝大多数同学其实没有完成课前阅读。他们每天来大学上课，就他们从没读过的书进行激烈辩论。他于是明白，他和他的同学不一样。他们能轻松地产生观点，并自信地表达它们。他们不担心显得很无知或自负。他们都不蠢，但他们也没比他聪明多少。他们只是以另一种方式行走在世界里，而他大概永远不会理解他们，他也知道他们永远也不会理解他，甚至不会尝试去理解。

反正他每周只有几节课，于是其余时间他都用来读书。晚上他在图书馆待到很晚，读老师布置的阅读材料、小说、文学批评。他没和朋友一起吃饭，就在午餐时间读书。周末要是有足球赛，他不会看实况，而是继续读书，只查看球队新闻。有天晚上，图书馆要关门时，他正好读到《爱玛》里奈特利先生似乎要娶哈丽埃特了，他不得不合上书，怀着一种奇怪的躁动走回家。他觉得自己很好笑，居然如此沉浸在小说情节里。在智性上，为虚构人物是否结婚的事牵肠挂肚感觉不够严肃。但的确如此：文学让他动容。他有位教授将之称为“被伟大艺术触碰后的愉悦”。这种形容几乎有点性感。某种程度上，奈特利先生亲吻爱玛的手，带给康奈尔的感觉并非与性完全无关，但这二者间的关系是间接的。这让康奈尔意识到，他需要运用阅读时的想象力来理解生活中的人，和他们亲近。

你不是都柏林人吧？加雷斯问。

不是。我是斯莱戈的。

真的？我女朋友也是斯莱戈的。

康奈尔不知道加雷斯希望他对此作何评价。

哦，他弱弱地回答，好吧，真巧。

都柏林的人经常用这种怪怪的口吻聊起西爱尔兰，仿佛它是外国，但是一个他们自认为非常了解的国家。有天晚上，康奈尔在工人俱乐部跟一个女孩说他是斯莱戈人，她做了个鬼脸，说，没错，你看起来就像。大家似乎开始认为康奈尔其实喜欢这种傲慢的人。有时晚上一起出去玩时，在一群穿着紧身裙、涂着完美唇妆、带着微笑的女人里，他的室友尼尔总会指出其中一个，说，我敢打赌你觉得她很好看。结果那人永远是一个鞋子很丑、一脸不屑地抽着烟的平胸女人。康奈尔还不得不承认，没错，他的确觉得她很好看，他甚至会尝试跟她聊天，然后回家后心情比出门前还糟。

他尴尬地环视一圈，问，你住这儿吗？

没错，加雷斯说，就学校宿舍而言还算不赖，对吧？

对，没错。其实相当不错。

你住哪里？

康奈尔告诉加雷斯，自己住学校附近一间公寓，就在布伦瑞克广场边一条小路上。他和尼尔合租一个储物间改成的卧室，两张单人床各抵一面墙。他们和两个永远不在家的葡萄牙学生共用一个厨房。公寓防潮设施有问题，晚上经常冻得康奈尔能在黑暗中看见自己呼出的气。但好在尼尔人还不错。他是贝尔法斯特人，也觉得圣三一的人很怪，这让康奈尔很安心。康奈尔和尼尔的朋友已经混得半熟，也认识了自己绝大部分同学，但还没和谁好好说过话。

在卡里克里，康奈尔的内向似乎从没妨碍他和人们相处，因为大家都知道他是什么样的人，他从来不需要自我介绍，或向别人展示他的性格。说起来，他的性格更像是他的身外之物，由别人的观点所左右，并非由他自己创造或生产。如今，他觉得自己是隐形的，没有存在感，没人听说过他。尽管他的外貌没有发生变化，他主观上觉得自己比以前难看了。他对自己的穿着也更敏感。他班上的男生都穿着一样的油蜡猎装夹克和梅红色休闲裤，康奈尔倒不是说对别人穿什么有意见，他只是觉得自己要是穿成那样就是个彻头彻尾的蠢货。同时，他不得不承认自己的衣服又便宜又土。他只有一双很旧的阿迪达斯训练鞋，他穿着它到处走，甚至穿它去健身房。

他如今周末还是会回家，因为他周六下午和周日早上在加油站打工。大部分人都不在镇上，要么在上学，要么在上班。卡伦和她的姐姐住在卡斯尔巴，康奈尔自高考结束后就再没见过她。罗布和埃里克都在戈尔韦学商科，好像从来都不在。有的周末，康奈尔连一个老同学都见不着。他傍晚坐在家里，和他母亲一起看电视。你一个人住是什么感觉？他上周问她。她微笑着说，哦，好得不得了。没人把毛巾扔沙发上，水槽里没有脏盘子，好极了。他点点头，没笑。她开玩笑地推了他一把。你想要我说什么？她说，我每天晚上哭着睡着？他翻了翻白眼。当然不是了，他嘟囔道。她说他搬走是件好事，她替他高兴。搬出去有什么好的？他说，你一辈子都住在这儿，你不也挺好。她直愣愣地盯着他，说，哦，所以你计划把我埋在这儿了，是不是？老天，我才三十五岁。他忍住没笑，虽然他确实觉得这很好笑。我明天就可以搬走，劳您费心了，她说，这样我就不用每个周末都看你那张苦脸了。他实在忍不住了，还是笑出声来。

加雷斯说了什么，康奈尔没听清。房间里一对很小的音响正在大声放《王者之声》[①]。康奈尔朝加雷斯凑近了些，问：你说什么？

我女朋友，你该见见她，加雷斯说，我来介绍你们认识。

康奈尔很高兴暂时可以不用说话，便跟着加雷斯走出主门，来到进门的楼梯上。大楼正对网球场，晚上锁着，看上去空空荡荡，有点瘆人又有点酷，在街灯下泛红。有几个人在几层台阶下面边抽烟边聊天。

嗨，玛丽安，加雷斯说。

她抬头看他，举着烟，话讲到一半。她穿着一条裙子，外面套了件灯芯绒夹克，头发夹在脑后。灯光下，她那只举着烟的手看上去修长而空灵。

哦，对哦，康奈尔说，你好。

让他难以置信的是，玛丽安的脸上立刻绽出一个大大的微笑，露出不太整齐的前牙。她抹了口红。所有人都看着她。她原本在说着什么，现在却停下来，直盯着他。

老天爷，她说，康奈尔·沃尔德伦！真是活见鬼了。

他咳了一下，只顾着保持表面镇定，问道，你什么时候学会抽烟了？

她对加雷斯和她的朋友们补充道，我们是中学同学。她把目

---

① 《王者之声》（*Watch the Throne*），Jay-Z和坎耶合作的嘻哈专辑。

光再次聚焦到康奈尔身上，看上去高兴得容光焕发，问，对了，你最近怎么样？他耸耸肩，低声说，啊，还行，挺好。她看着他，仿佛在用双眼传达什么讯息。你要喝点什么？她问。他举起加雷斯刚才给他拿的啤酒瓶。我给你拿个杯子，她说，进来吧。她沿着台阶走向他。她扭过头，对身后的人说，我马上回来。从这句话，以及她站在台阶上的姿态，他能看出在场所有人都是她的朋友，她有很多朋友，她很快乐。然后他们来到玄关，关上前门，只剩下他们两人。

他跟着她来到厨房，里面没人，清洁而安静。配套的蓝绿色调装潢，电器上贴了标签。窗户紧闭，倒映出明亮的室内，蓝白相间。他其实不需要杯子，但她从碗橱里取了一只，他也没反对。她把夹克脱下来，问他是怎么认识加雷斯的。康奈尔说他们一起上课。她把夹克挂在椅背上。她穿着一条有点长的灰裙子，身体显得很窄很单薄。

每个人好像都认识他，她说，他很外向。

他是校园名人，康奈尔说。

她听后笑起来，仿佛他们之间一切正常，仿佛他们生活在一个稍有不同的宇宙里，什么糟糕的事都没发生，但玛丽安突然有了个酷男友，而康奈尔变成那个孤独的、不合群的人。

正合他意，玛丽安说。

他好像参加了各种各样的委员会。

她微微一笑，眯起眼看他。她的口红很暗，酒红色的，她还化了眼妆。

我很想你，她说。

她的直白，来得这么快这么出乎意料，让他脸红起来。他把啤酒倒进杯里，转移注意力。

我也想你，他说，你休学后我还挺担心的。你知道，我很难过。

好吧，我们上学时也没怎么一起玩。

对，当然了。的确没有。

你和雷切尔怎么样了？你们还在一起吗？玛丽安问。

没，我们夏天的时候分手了。

玛丽安的声音只有一点点假，听起来几乎很真诚。她说，哦，我很遗憾。

四月，玛丽安休学后，康奈尔跌入情绪低谷。老师们找他谈话。辅导员对洛兰说她很“担心”。同学们大概也在谈论这件事，他不清楚。他打不起精神假装一切如常。午饭时他坐在老位子上，悲伤地咽下一口口饭，朋友们说话也不听。有时他甚至不会注意到他们在叫他名字，他们不得不朝他扔东西，或者扇他脑袋，来吸引他的注意力。大家多半知道他是怎么回事。他为自己竟沦落至此而羞愧得全身无力。他想念玛丽安带给他的感受，想念她的陪伴。他经常给她打电话，每天给她发短信，但她从不回复。他母亲不许他去玛丽安家，不过他觉得自己本来也不会去找她。

有一阵他试图摆脱这种状态，于是开始酗酒，和其他女孩做爱，全程焦虑不安。五月，在一个私人派对上，他和巴里·肯尼的姐姐施内德上了床，她二十三岁，言语及语言治疗专业毕业。事后他感觉糟透了，结果吐了，他跟施内德撒谎，说自己喝醉了，其实他不算醉。他找不到人倾诉。他孤独到了极点。他不停地做梦，梦见他又和玛丽安在一起，他安稳地抱着她，像他们从前疲倦时那样，和她低声交谈。然后就记起实际发生了什么，于是带着强烈的压抑感醒来，身上所有肌肉都动弹不得。

六月的一天晚上，他喝醉后回到家，问洛兰干活时会不会遇见玛丽安。

有时候会，洛兰说，怎么了？

她怎么样，还好吗？

我跟你说过了，我觉得她不开心。

她不回我短信，他说，我给她打电话，她看到是我就不接。

因为你伤害了她的感情。

没错，但是她反应有点过激了，不是吗？

洛兰耸耸肩，回头看电视。

你觉得呢？他问。

我觉得什么？

你觉得她这个样子是不是有点反应过激？

洛兰目不斜视地看着电视。康奈尔喝醉了，他不记得她在看什么。她慢慢地说：你知道吗，玛丽安其实是个很脆弱的人。你利用她做了些很过分的事，伤害到了她。所以或许我该庆幸你现在感到内疚。

我没说我内疚，他说。

七月，他开始和雷切尔约会。学校里所有人都知道雷切尔喜欢他，而她似乎把他们之间的感情视作她的一项个人成就。而他们的约会，通常就是晚上出去玩之前，她一面化妆一面抱怨她的朋友，康奈尔坐在一旁喝罐装啤酒。有时她讲话时他会看手机，于是她会说，你都没在听。他讨厌自己在雷切尔面前的表现，她是对的，他的确没在听，但他听她说话时，她讲的事情他一样都不喜欢。他只和她上过两次床，两次都不舒服，他们躺在床上时，他感到胸口和喉咙紧得发疼，让他难以呼吸。他本以为和她在一起能不那么寂寞，结果这只让他的寂寞更加顽固，仿佛它牢牢地扎根在他体内，杀都杀不死。

终于，毕业舞会那晚到了。雷切尔穿了一条贵得离谱的裙子，康奈尔在她家的前花园里站着，等她母亲给他俩拍合照。雷切尔不停地提他要去读圣三一的事，她父亲给他展示了几根高尔夫球棍。然后他们去饭店吃晚餐。每个人都喝得很醉，莉萨在甜点上来之前就昏睡过去了。罗布在桌下给埃里克和康奈尔看他手机上莉萨的裸照。埃里克笑了，拿手指点击着屏幕上莉萨身体的各部位。康奈尔坐在那儿，看着手机，轻轻地说，把这些拿给别人看有点太操蛋了，是不是？罗布大声叹了口气，把手机锁上屏，放回兜里。你最近他妈的越来越像基佬了，他说。

午夜，康奈尔醉得分不清南北，但又对身边众人的醉态感到厌恶，于是走出舞厅，穿过长廊，来到抽烟区的小花园。他点起一支烟，把附近一棵树上低垂的叶子扯下来，这时门朝一边滑开，埃里克走了出来。看见他后，埃里克露出会心一笑，然后坐在一只倒扣的花盆上，点起一支烟。

玛丽安最后没来还挺遗憾的，埃里克说。

康奈尔点点头，他讨厌听到她的名字，不想答话。

所以究竟是怎么回事？埃里克问。

康奈尔无言地看着他。门上的灯泡投下一束白光，照在埃里克脸上，鬼一般惨白。

你什么意思？康奈尔问。

你和她。

康奈尔开口时几乎认不出自己的声音。他说，我不知道你在说什么。

埃里克咧嘴一笑，牙齿在灯光下闪着湿润的光。

你以为我们不知道你在操她吗？他说，大家都知道。

康奈尔愣住了，然后又吸了一口烟。这或许是埃里克能对他说的最可怕的话了，不是因为它结束了他的人生，而是因为它没有。他此刻才知道，他为了这个秘密牺牲了自己和另一个人的幸福，而它居然一直如此渺小，不值一文。他和玛丽安本可以手牵手在学校走廊里散步，会有什么后果呢？没有后果。没人在乎。

好吧，康奈尔说。

持续多久了？

不知道。有一阵了。

所以到底是怎么回事？埃里克说。你是光图好玩才跟她上床，还是别的什么？

你懂我的。

他把烟掐灭，回屋拿了外套。然后他没跟任何人道别就走了，甚至没跟雷切尔打招呼，她不久后就和他分手了。就是这样，人们搬走了，他也搬走了。他们在卡里克里的日子就这样没头没尾地结束了，他们曾经给它灌注了那么多戏剧性，那么多意义，它却再也不会重新开始，再不会像从前那样了。

他对玛丽安说，这个嘛，嗯。我跟雷切尔不是很搭，我觉得。

玛丽安微微一笑，笑容有点娇羞。嗯，她说。

什么？

我大概应该告诉你的。

没错，你应该的，他说，你那会儿都不回我短信。

好吧，我觉得自己好像被抛弃了。

我才觉得有点被抛弃了，好不好？康奈尔说，你蒸发了。你消失很久之后我才跟雷切尔在一起的。不过现在这也不重要了，但我等了你很久。

玛丽安叹了口气，模棱两可地摆了摆头。

我不是因为这个才不来上学的，她说。

好吧。你不来或许对你反而更好。

那件事是最后一根稻草。

是吧，他说，我想过会不会是这样。

她又微微一笑，嘴角歪起来，仿佛在调情。是吗？她说，你搞不好会读心术啊。

我以前的确觉得可以读出你在想什么，康奈尔说。

你是说在做爱的时候吧。

他啜了一小口啤酒。酒是凉的，杯子是室温的。今晚之前，他不知道要是在学校里遇到玛丽安，她会是什么表现，但现在看来，这一切是无法避免的，他们当然会这样重逢。她当然会拿他们的性生活打趣，仿佛这是他们之间一个很可爱的笑话，一点都不尴尬。某种程度上，他喜欢她这样做，他喜欢知道在她身边该如何表现。

好吧，康奈尔说，事后也可以。不过那也许很正常。

那不正常。

他们都笑了，忍俊不禁对彼此微笑。康奈尔把空酒瓶放在料理台上，看着玛丽安。她把裙子抚平。

你今天很好看，他说。

我知道。我的一贯风格，一上大学就变漂亮了。

他笑了起来。他本来都不想笑的，但他们之间这种奇怪的张力让他没法不笑。“我的一贯风格”听起来非常像玛丽安会说的话，带点自嘲，同时表达了他们二人达成的共识：她是特别的。她的裙子领口开得很低，露出她苍白的锁骨，像两道白色连字符。

你一直都很漂亮，他说，我早该知道的，我是个肤浅的男人。你很漂亮，你很美。

她不笑了。她的脸上露出一种奇怪的神情，她把额上的头发拂开。

哦，好吧。我已经很久没听人这么说了，她说。

加雷斯不跟你说你很美吗，还是他太忙了，忙他的业余剧团什么的？

辩论社。你这么说太狠了。

辩论？康奈尔说，老天，别跟我说他和纳粹那档事有关吧？不是吧？

玛丽安的嘴唇抿成一条细线。康奈尔不怎么读校报，但他还是听说，辩论社打算请一个新纳粹主义者来开讲座。社交媒体上全是这个消息。《爱尔兰时报》还写了篇报道。康奈尔没有在任何Facebook帖子下留言，但他在好几条呼吁撤回邀请的留言下点了赞，这大概是他这辈子最激烈的政治行为了。

好吧，我们不是每件事都看法一致，她说。

康奈尔笑了，不知为何很高兴看到她一反常态地没有底气、缺乏原则。

我以为我和雷切尔·莫兰交往已经够坏了，他说，而你男朋友是大屠杀否定论者。

没有，他只是支持言论自由。

是吧，那就好。谢天谢地，我们有白人温和派①。我记得马丁·路德·金这么写过。

她一听笑了，发自内心地笑了。她小小的牙齿再次泛光，她举起一只手捂住嘴。他又喝了些酒，端详着她甜美的神情，他很想念它。他们之间这一幕感觉很美好，尽管之后他大概会痛恨自己跟她说过的所有话。好吧，她说，我们都没能贯彻自己的理念。

① 在《伯明翰监狱来鸿》中，马丁·路德·金表达了对白人温和派的深深失望，认为他们执着于“秩序”而不是“公平”，是“黑人迈向自由的巨大绊脚石”。

康奈尔想说：我希望他床上功夫不错，玛丽安。她肯定会觉得这很好笑。但出于某种原因，或许因为不好意思，他没说出口。她眯起眼，问：你在跟什么问题人物交往吗？

没有，他说，连没问题的都没有。

玛丽安饶有趣味地笑了。你觉得认识人很难吗？她问。

他耸耸肩，然后含糊地点点头。跟老家不太一样，是不是？他说。

我可以把我的女朋友介绍给你。

哦，是吗？

没错，我现在有女朋友了，她说。

我不确定我是她们的菜。

他们彼此对视。她的脸微红，下唇的口红有一点花了。她的目光依旧让他不安，就像在照镜子，然后发现镜中的人在你面前一览无余。

这话什么意思？她说。

我不知道。

你有什么地方不招人喜欢的？

他微微一笑，看向酒杯深处。如果尼尔此刻看见玛丽安，他会说：让我来猜。你喜欢她。她的确是康奈尔喜欢的类型，甚至可能是这个类型的原型：她气质优雅，长了一张百无聊赖的脸，看上去无比自信。他的确被她吸引，他甘心承认这点。离家几个月后，生活变得辽阔了些，他的私事没那么重要了。他不再是中学时那个焦虑压抑的自我，那时她对他的吸引力像一辆碾过来的火车，让他感到害怕，于是他把她甩到了车下。他知道，她现在这么风趣，这么娇羞，是想让他知道，她并没有记仇。他可以说：很抱歉对你做过那样的事，玛丽安。他总想着，如果某天和她重逢，他就会这么说。然而她似乎拒绝承认这种可能，或者他有点犯怯，又或者二者皆有。

不知道啊，他说，问得好，我也不知道。

三个月后（2012 年 2 月）

玛丽安上了康奈尔的车，坐在副驾上，关上了车门。她没洗头，把脚提起来，踩在座位上系鞋带。她闻起来有水果利口酒的味道，不难闻，但也不好闻。康奈尔上了车，发动引擎。她看向他。

你安全带系好了吗？他问。

他凝视着后视镜，仿佛这是普通的一天。其实现在是清晨，前一天晚上他们在索兹参加一个私人派对，康奈尔没喝酒，玛丽安喝了，所以没一件事是正常的。她顺从地系上安全带，以表明他们还是朋友。

昨晚很抱歉，她说。

她试图用这句话表达几层意思：她很抱歉，尴尬得不行，同时还装作有点尴尬，以嘲讽和稀释她真正的尴尬，她预感自己会或者已经得到原谅，她不想把那件事"小题大作"。

忘了它吧，他说。

好吧，我很抱歉。

没关系。

康奈尔把车开出了停车道。他似乎没在想那件事，但不知为何，她对此并不满意。在他允许她翻篇之前，她想要他承认刚才发生的事，或许她只是想进行自我折磨。

我不应该那么做，她说。

没事，你当时醉得不轻。

这不是借口。

还神志不清，他说，我后来才发现。

嗯。我的确感觉我在袭击你。

他笑了。她将双膝收起，抵住胸口，双手握住肘部。

你没有袭击我，他说，这种事很正常。

以下是事情的经过。康奈尔开车送玛丽安去他们共同的朋友家庆生。他们已经安排好在那里过夜，第二天早上由康奈尔开车送她回家。路上他们听着吸血鬼周末①的歌，玛丽安用一个银色酒壶喝金酒②，谈论里根政府。你要喝醉了，康奈尔在车上跟她说。你知道吗，你的脸很好看，她说，别人其实跟我说过，说你的脸好看。

到了午夜，康奈尔不知在派对上转到哪里去了，玛丽安在杂物房里找到了她的朋友佩吉和乔安娜。她们一面分喝一瓶君度，一面抽着烟。佩吉穿着一件做旧的皮夹克和条纹的棉麻裤子。她的头发搭在肩头，她不断地将它甩到一边，拿手穿过发间。乔安娜脱了鞋，坐在冰柜上。她穿着一件没有形状的长衣服，像孕妇衫，底下是一件短袖。玛丽安靠在洗衣机上，从兜里掏出金酒酒

---

① 吸血鬼周末（Vampire Weekend），一支美国的摇滚乐队，2006年成立于纽约。

② 金酒（gin），又名杜松子酒、琴酒，是鸡尾酒中使用最多的烈酒。一盎司金酒加直筒高杯八成满的汤力水就是金汤力。

壶。佩吉和乔安娜在讨论男人的穿衣风格，尤其是她们的男性友人的品位。玛丽安光是站在那儿就很满足，她把身体重心几乎全压在洗衣机上，嘴里漱着金酒，听她的朋友们说话。

佩吉和乔安娜都是玛丽安在历史政治系的同学。乔安娜已经在规划她的毕业论文了，她要写詹姆斯·康诺利[①]和爱尔兰工会代表大会。她总是在推荐书和文章，玛丽安要么读过，要么读过一部分，或者读过概要。大家认为乔安娜是个严肃的人，她的确很严肃，但她也可以很好玩。佩吉其实不太能"欣赏"乔安娜的幽默，因为佩吉的个人魅力与其说让人发笑，不如说是叫人害怕，同时又很性感。在圣诞前夕的某个聚会上，佩吉在她们的朋友德克兰家的卫生间里分给玛丽安一条可卡因，玛丽安居然吸了，至少吸了大半。它并没有给她的情绪带来特别大的影响，只是让她在随后几天里时而觉得这么做很有趣，时而感到愧疚。这件事她没有告诉乔安娜。她知道乔安娜不赞同这种行为，因为玛丽安自己也不赞同，但乔安娜要是不赞同某些事，她不会仍然去做。

乔安娜想要从事新闻业，而佩吉似乎根本不打算工作。目前为止这对她来说不是问题，因为她和很多男人约会，他们愿意赞助她的生活方式，给她买手提包和昂贵的毒品。她喜欢在投行或会计师事务所上班的男人，年龄比她稍大些，二十七岁，有很多钱，和非常理性的律师女朋友同居。乔安娜问过佩吉，有没有想过自己有一天也会活到二十七岁，男友每天彻夜不归，和小姑娘

① 詹姆斯·康诺利（1868—1916），爱尔兰社会主义运动领袖，由于参与1916年复活节起义被行刑队枪决。

抽可卡因。佩吉一点都不生气，她觉得这个想法很有趣。她说到时候她反正已经嫁给俄罗斯寡头了，她根本不在乎他有多少女朋友。玛丽安不禁开始设想自己大学毕业后会干吗。对她来说，几乎没有哪条路是绝对不行的，哪怕是嫁给一个寡头。她晚上出门时，街上的男人会冲她喊出最不堪入耳的话，很显然他们并不为渴望得到她而感到羞耻，恰恰相反。在大学里，她经常感觉自己的大脑无所不能，它能整合她输入的任何东西，仿佛她的大脑里有一台强大的机器。她做什么都很顺。她不知道自己将来要干什么。

杂物房里，佩吉问起康奈尔在哪里。

楼上，玛丽安回答，和特里萨在一起吧，我猜。

康奈尔最近在和她们一个叫特里萨的朋友自由约会。玛丽安对特里萨算不上有什么意见，但她发现自己经常无缘无故撺掇康奈尔说特里萨的坏话，而他总会拒绝这么做。

他的衣服挺好看的，乔安娜主动说。

还好吧，佩吉说，我是说，他长得还可以，但他老穿运动服。我怀疑他连西装都没有。

乔安娜再次试图和玛丽安对视，这次玛丽安回应了她。佩吉看见了，故意吞了一大口君度，然后用拿瓶子的那只手擦了擦嘴。怎么了？她说。

好吧，他不是来自工人家庭吗？乔安娜说。

这也敏感过分了，佩吉说，就因为某些人的社会经济阶层，我就不能批评他们的着装品位了吗？得了吧。

不是的，她不是这个意思，玛丽安说。

你知道的，我们其实对他非常好，佩吉说。

玛丽安发现自己此刻无法正视她的朋友们。“我们”是谁？她想问。但她没问出口，从佩吉手里拿过那瓶君度，喝了两大口，酒微温，甜得恶心。

凌晨两点左右，玛丽安已醉得一塌糊涂，还被佩吉说服，在卫生间里跟她合抽了一卷大麻，她看见康奈尔站在三楼的楼梯平台上。上面就他一个人。你好，他说。她靠在墙上，醉醺醺的，希望获得他的注意。他站在楼梯最顶层。

你跟着特里萨跑掉了，她说。

是吗？他说，有意思。你彻底神志不清了，是不是？

你闻起来有香水味。

特里萨不在这儿，康奈尔说，因为她没来参加这个聚会。

玛丽安笑了起来。她觉得自己很蠢，但感觉不赖。过来，她说。他走过来，站在她面前。

什么事？他说。

你喜欢她胜过喜欢我吗？玛丽安说。

他帮她把一束头发捋到耳后。

没有，他说，公平地说，我还不怎么了解她。

她在床上比我好吗？

你喝醉了，玛丽安。你要是清醒的话，你根本不会想知道答案。

所以不是我想要的答案，她说。

她基本上是在单向地和他对话，同时试图用手解开康奈尔的衬衣纽扣，甚至都不是性感地把它解开，因为她喝醉了又嗑嗨了。而且她还没完全解开那颗扣子。

不，当然是你想要的答案，他说。

于是她吻了他。他没有惊恐地往后弹开，但很坚决地后退，说：好了，别闹。

咱们上楼去吧，她说。

嗯。我们正在楼上。

我想要你上我。

他皱了皱眉，如果清醒的她看到他这个表情，会假装自己是在开玩笑。

今晚不行，他说，你喝得烂醉了。

这是唯一的理由吗？

他低头看她。她一直想对他的嘴型进行评价，告诉他它有多么完美，但她忍住了，因为她想知道答案。

没错，他说，就因为这个。

所以要是我没醉的话，你会同意的。

你该睡了。

我可以给你毒品，她说。

你甚至都——玛丽安，你根本没有毒品。光是这一点你都是错的。去睡吧。

亲我一下。

他亲了她一下。这个吻很舒服，但像朋友之间的吻。然后他对她说了晚安，轻轻地下了楼，他轻巧清醒的身体笔直地向前走。

玛丽安找到一个卫生间，就着水龙头喝水，直到头不再痛，然后她躺在卫生间地板上睡着了。就在二十分钟前，康奈尔叫一个女孩去找她，她才醒了过来。

此刻，等红绿灯时，他开始调电台。有个台在放一首范·莫里森的歌，他让它继续放了下去。

不管怎么说，我都很抱歉，玛丽安说，我不是想挑拨你和特里萨的关系。

她不是我女朋友。

好吧。但这是对我们友谊的不尊重。

我不知道你们关系这么近，他说。

我是说我和你的友谊。

他转过头去看她。她用手臂把膝盖抱得更紧了些，下巴抵在肩上。最近她经常和康奈尔见面。在都柏林，他们第一次可以沿着恢宏的长街一路走下去，确信经过的行人不知道也不关心他们是谁。玛丽安住在她外婆名下一间带卧室的公寓里，傍晚时，她和康奈尔坐在她家客厅里，一起喝红酒。他毫无保留地向她抱怨，在圣三一有多难交到朋友。有一天，他躺在她家沙发上，转动着杯里剩的酒渣，说：这里的人都是势利鬼。他把杯子放下，看向玛丽安。所以这对你来说才那么容易，顺带一提，他说，因为你家很有钱，所以他们才喜欢你。她皱了皱眉，点点头，康奈尔大笑起来。我在跟你开玩笑，他说。他们四目相对。她也笑起来，但她不知道自己看起来是不是很蠢。

她的聚会他都来，尽管他说，他其实搞不太懂她这些朋友。她的女性朋友都很喜欢他，而且不知为何，很喜欢聊天时坐在他的大腿上，爱怜地抚弄他的头发。男人们没有像她们一样跟他亲近起来。他们因为他和玛丽安的关系而容忍他，但就他这个人而言，他们并未觉得他特别有趣。他甚至都不聪明！有天晚上康奈尔不在的时候，玛丽安的一个男性朋友感叹道。他比我聪明，玛丽安说。没人知道该怎么接话。的确，康奈尔在聚会上很沉默，甚至沉默到固执的地步，他并不热衷于炫耀自己读了多少书，或了解多少战争。但内心深处，玛丽安知道，大家并不是因为这个才觉得他蠢。

这为什么会是对我们友谊的不尊重？他说。

我觉得我们要是开始上床，就很难继续做朋友了。

他邪恶地咧嘴一笑。她有点困惑，把脸藏在手臂里。

会吗？他问。

我不知道。

好吧，那算了。

一天晚上，在布鲁塞尔酒吧的地下室里，玛丽安的两个朋友在蹩脚地玩台球，其他人坐在一起喝酒，看他们玩。杰米赢了之后，问：谁想跟赢家玩？康奈尔轻轻地放下啤酒杯，说：好啊，我来。杰米开了局，但没进球。康奈尔没跟任何人说话，连续进了四个黄球。玛丽安笑了起来，康奈尔面无表情，只是看上去非常专注。短暂休息的时间里，他安静地喝着酒，看杰米把一只红球打到台边打转。然后康奈尔利落地给他的球棒涂上巧粉，把最后三个球都打进了洞。他研究球局和做球的样子、巧粉轻轻吻上母球光滑表面的瞬间，看了让人非常满足。女孩们都坐在一起看他进球，看他在桌前俯身，他硬朗、安静的脸被顶灯照亮。简直像一则健怡的广告，玛丽安说。大家听了都笑了，就连康奈尔也笑了。等桌上只剩黑球时，他指了指右上的球袋，令人无比满足地说：好，玛丽安，看好了？然后进了球。大家为他鼓掌。

那天晚上他没有走回家，而是跟着玛丽安回到她家。他们躺在床上，看着天花板聊天。此前，他们对一年前彼此之间发生的事一直避而不谈，但那天晚上康奈尔问：你朋友知道我们的事吗？

玛丽安顿了一下。我们什么事？她最后问道。

中学那会儿的事。

不知道，我觉得他们不知道。他们或许有察觉到什么，但我没跟他们讲过。

几秒钟过去了，康奈尔没说话。她在黑暗中感知着他的沉默。

如果他们发现了你会觉得尴尬吗？他问。

有点吧，嗯。

他转过身，不再盯着天花板，而是对着她。为什么？他问。

因为很丢脸。

你的意思是，我当时对待你的方式。

对，没错，她说，而且我居然容忍你那么做。

他小心地在被子下摸到她的手，她没有躲开。她的下巴一阵哆嗦，她试着让自己的声音听起来轻巧又幽默。

你有没有想过邀我去毕业舞会？她问，这个问题很蠢，但我还是好奇你有没有想过。

老实说，没有。我希望我想过。

她点点头。她继续抬头看着漆黑的天花板，吞咽下口水，担心他会看出她的表情。

你会答应吗？他问。

她又点点头。她试图对自己翻白眼，但觉得这样很丑，有点自怜，不好笑。

我真的很抱歉，他说，是我做得不对。而且你知道吗，同学们那会儿其实已经知道我们的事了。我不知道你听没听说。

她用手肘撑着床坐了起来，在黑暗中低头看他。

知道什么？她问。

我们在交往什么的。

我没跟别人讲过，康奈尔，我发誓。

哪怕在黑暗里她都能看见他的脸扭曲了一下。

我知道你没有，他说，我的意思是，即使你告诉了别人，其实也没关系。但我知道你没有。

他们反应很恶劣吗？

没，没有。埃里克只是在毕业舞会的时候提了一下，说他们都知道了。没人在乎，真的。

他们再次短暂地沉默下来。

我很内疚，之前跟你说那些话，康奈尔说，担心被人发现了有多糟什么的，当然了，那些只是我的想象。我是说，大家没理由在乎这些。但我的确为这些事感到焦虑。我不是想找借口，但我觉得我把一部分焦虑投射到你身上了，不知道你明不明白我的意思。我不知道。我现在也经常想，想我为什么会干这么混蛋的事。

她捏了捏他的手，他捏了回来，很用力，几乎把她捏疼了，但这个小小的动作表达了他的绝望，她微笑起来。

我原谅你，她说。

谢谢你。我觉得我真的学到很多。你知道吗，我希望我已经有所改变了，作为一个人。但老实说，如果我真的变了，那是因为你。

他们在被子下一直手牵着手，哪怕睡着了也没松开。

到她家后，她问他想不想进来。他说他需要吃点东西，她说冰箱里有早饭。他们一起上楼。康奈尔趁她洗澡时在冰箱里找吃的。她剥掉衣服，把水压调到最高，洗了将近二十分钟。然后她感觉好多了。她走出来，裹在一件白浴袍里，头发已经用毛巾擦干，这时康奈尔已经吃完了。他的盘子很干净，他在查看邮件。房间里闻起来有咖啡和煎东西的味道。她向他走去，他拿手背擦擦嘴，仿佛突然间很紧张。她站在他的椅边，他解开了她的浴袍带子。快一年了。他用嘴唇去碰她的皮肤，她突然觉得自己很神圣，像一座圣殿。到床上来吧，她说。他和她一起去了。

事后她打开电吹风，他去冲了澡。然后她又躺下来，听着水管的声音。她在微笑。康奈尔出来后躺在她身边，他们面对面，他开始抚摸她。嗯，她说。他们又做了一次爱，没怎么说话。之后她感到宁静，想睡觉。他亲吻了她合上的眼睑。和别人做的感觉没有这么好，她说。嗯，他说，我知道。她感觉他有什么事瞒着她。她不知道他是在忍住不摆脱她，还是不想让自己更脆弱。他吻了吻她的颈子。她的眼皮越来越沉重。我觉得我们没问题的，他说。她不知道或不记得他在指什么。她睡着了。

两个月后（2012 年 4 月）

他刚从图书馆回来。玛丽安有朋友过来玩，不过他到的时候她们正要走，在走廊的衣架上取外套。只有佩吉还坐在桌边，往大酒杯里倒一瓶桃红葡萄酒。玛丽安正在拿湿毛巾擦料理台。厨房水槽前的窗户露出长方形的天空，牛仔裤那种蓝。康奈尔在桌前坐下，玛丽安从冰箱里拿出一瓶啤酒，帮他打开。她问他饿不饿，他说不饿。外面很暖和，瓶子冰凉，很惬意。他们马上就要考试了，他通常在图书馆待到管理人员摇着铃走过来通知闭馆。

我能问一件事吗？佩吉问。

他看出佩吉已经喝醉了，而且玛丽安希望她快点离开。他也希望她能快点离开。

没问题，玛丽安说。

你们两个在搞，是不是？佩吉问，就是说，在上床。

康奈尔什么也没说。他拿大拇指摩挲着啤酒瓶的标签，想找一角把它揭下来。他不知道玛丽安会怎么回答。他觉得她会开个玩笑，让佩吉笑出来，忘掉她的提问。然而，出乎他的意料，玛丽安说：对啊，没错。他自顾自地微笑起来。在拇指的作用下，啤酒标签脱落了一角。

佩吉笑了。好吧，她说，谢谢你告诉我。顺带一提，大家都在猜。

嗯，好吧，玛丽安说，不过这也不是新鲜事了，我们上学时就在一起过。

真的吗？佩吉问。

玛丽安给自己倒了杯水。她转过身，举着酒杯，看向康奈尔。

但愿你不介意我现在讲出来，她说。

他耸耸肩，朝她微微一笑，她也以微笑回应。他们没有将这段关系广而告之，但他的朋友都知道。他不喜欢在公开场合示爱，仅此而已。玛丽安有一次问他，是不是因为觉得她“丢他的脸”，不过她是在开玩笑。很好笑，他说，尼尔觉得我夸你夸得太厉害了。她喜欢听这话。他并不是特别爱这样夸她，尽管事实上她非常受欢迎，很多男人都想睡她。他或许有时的确会夸她，但总是夸得很有品位。

你们俩看起来的确非常般配，佩吉说。

谢谢，康奈尔说。

我没说我们是一对，玛丽安说。

哦，佩吉说，你的意思是，你们还在和别人约会？很好啊。我以前想和洛肯尝试开放式关系，但他强烈反对。

玛丽安从桌边拖过一把椅子坐了下来。男人有时占有欲是蛮强的，她说。

对啊！佩吉说，太蠢了。你还以为他们巴不得能有好几个女朋友。

我发现男人一般来说更在乎限制女人的自由，而不是行使自己的自由，玛丽安说。

是这样吗？佩吉问康奈尔。

他看向玛丽安，朝她点点头，希望她能讲下去。他如今已经知道佩吉很吵，老爱打断别人的话。玛丽安有别的更好的朋友，但她们通常不会待到这么晚或说这么多话。

我的意思是，你看看男人们实际上过的生活，是很悲哀的，玛丽安说，他们掌控了整个社会体系，结果这才是他们为自己想出来的日子？他们过得甚至都不开心。

佩吉笑了。你过得开心吗，康奈尔？她问。

嗯，他说，还行吧，我觉得。不过我同意这个观点。

你宁愿活在母系社会吗？佩吉说。

不好说。我倒是愿意试试，看看究竟是什么样。

佩吉还在笑，好像康奈尔说了什么风趣得不得了的话。你难道不享受你们男人的特权吗？她问。

就像玛丽安说的，他回答道，拥有它不会让你特别快乐。我是说，特权就是特权，我没从中获得多少乐趣。

佩吉对他露齿一笑。要是我是个男人，她说，我至少要三个女朋友。甚至更多。

他把啤酒瓶标签的最后一角扯了下来。瓶子冰的时候更容易揭，因为水珠凝结后胶水会融化。他把啤酒瓶放在桌上，把标签叠成很小的方块。佩吉还在说话，但好像不重要，可以不用听。

这段时间他和玛丽安的关系不错。傍晚图书馆关门后，他会走回她的公寓，路上买点吃的或者一瓶四欧元的红酒。天气好的时候，天空仿佛在数里之外，群鸟碾过头顶无边无际的空气和光线。下雨时，城市向内收紧，在水雾间聚拢；汽车开得更慢了，前灯闪着昏暗的光，行人的脸被冻得粉红。玛丽安做晚饭，通常是意面或者意式烩饭，然后他洗碗，收拾厨房。他把烤面包机底下的碎渣擦掉，玛丽安给他读 Twitter 上的笑话。然后他们上床。他喜欢进入她体内很深很深的地方，慢慢地进去，直到她的呼吸变得粗重，一只手紧紧抓住枕套。她的身体那么小却那么开放。像这样吗？他问。她点点头，或许还会握拳击打枕头，他一动她就发出细小的喘气声。

康奈尔非常享受他们事后的聊天，对话经常会出其不意地转向，促使他表达一些从未有意识去形成的观点。他们谈论他正在读的小说，她读的研究，他们此刻所处的历史时刻，以及以当下同步观察这种时刻有多困难。有时他觉得自己和玛丽安像花样滑冰选手，即兴地讨论，如此熟练而完美地同步，他们自己都感到惊讶。她优雅地将自己抛到空中，尽管他不知道要怎么做，却每次都能将她接住。他们知道在入睡前可能还会做一次爱，于是聊天变得更加愉悦，而他觉得，正是他们亲密无间地讨论，话题时而抽象时而个人，让做爱的感觉更好了。上周五，他们事后躺在床上，她说：刚才那个感觉很强烈，有没有？他告诉她，他一直都觉得很强烈。我的意思是，其实很浪漫，玛丽安说，我当时有一瞬开始对你产生感情了。他对着天花板微笑。你没必要把那些东西都抑制住，玛丽安，他说，那是我的专长。

玛丽安知道他对她的真实感受。他在她朋友面前羞于表达，不代表他们之间的关系不是认真的——他们是认真的。有时他担心自己表现得不够明确，他会让这种忧虑酝酿一两天，思考该怎么提起这个话题，然后难为情地说：你知道我真的很喜欢你的吧？不知为何他的语气听起来会近乎懊恼，她便只是笑笑。玛丽安有很多男友备选，大家都知道。有政治系的学生，带着酩悦香槟来参加她的聚会，聊他们夏天在印度的轶事。有学院俱乐部的委员会成员，经常打着黑领带，还莫名地以为学生组织的内部运作对正常人来说也很有趣。有的男人喜欢在聊天时看似不经意地抚摸玛丽安，帮她理头发，或把手放在她背上。有一次，康奈尔喝高了，问她为什么那些人非要对她动手动脚，她说：你不想碰我，别人就不能碰了吗？他听后心情很差。

他现在周末不回家了，因为他们的朋友苏菲帮他在她爸的餐厅找了份工作。康奈尔每周末就坐在餐厅楼上的办公室里回邮件，在一本大皮革预约本上写订餐信息。有时一些小有名气的人会打来电话，比如爱尔兰广播电台的人之类的，但工作日的大部分晚上餐厅都没什么客人。在康奈尔看来，餐厅明显在赔钱，最后肯定会倒闭，但因为工作很轻松，所以他对未来无法生出任何真切的焦虑。如果他失业了，玛丽安别的有钱朋友会给他介绍新工作。有钱人会彼此照应，而身为玛丽安最好的朋友和疑似炮友，康奈尔也升级成为有钱人的圈内人：人们会为他举行生日派对，会凭空为他找来轻松的差事。

学期结束前，他要在课上介绍《亚瑟王之死》①，介绍时他的

① 《亚瑟王之死》，英国作家托马斯·马洛里爵士收集或撰写的亚瑟王和他的圆桌骑士的历险传奇，1485年首次出版。

手都在抖，他没法把视线从打印材料上移开，去看有没有人在听他说话。他的声音颤抖了好几次，他觉得自己要不是坐着，早就瘫倒在地了。结束后他才发现，大家都认为他的介绍非常出色。有个同学后来甚至当着他的面叫他“天才”，口吻中带了点轻蔑，仿佛天才都有些可耻。他们的年级小组里人人都知道，康奈尔只有一门课没拿最高分，他发现自己很享受被公认为很聪明，起码这样一来，和别人打交道更简单易懂了。他喜欢在别人记不起书名或作者名时把名字告诉他们，不是为了炫耀，只是很高兴自己记得。他喜欢听玛丽安跟她的朋友们说，康奈尔是他们“这辈子能遇到”的人里最聪明的——他们的父亲要么是法官要么是政府部长，他们读的中学贵得离谱。

那你呢，康奈尔？佩吉问。

他没在听，只能说：什么？

有多个伴侣对你来说有吸引力吗？她问。

他看向她。她一副戏弄他的样子。

嗯，他说，我不知道。什么意思？

你难道不会幻想自己妻妾成群吗？佩吉说，我以为男人都这样。

哦，好吧。不，我没有。

或者要不就两个，佩吉说。

两个什么，两个女人吗？

佩吉看向玛丽安，淘气地咯咯笑起来。玛丽安平静地小口喝水。

要是你想的话，我们可以来，佩吉说。

不好意思，康奈尔说，我们可以什么？

这个嘛，随你怎么叫它，她说，双飞还是什么的。

哦，他说。然后他为自己的迟钝笑了起来。好吧，他说，好吧，抱歉。他把标签又折了一次，不知道还能说些什么。我刚才没听见，他说。他做不到。关于他想不想做这件事，他没什么可犹豫的，他真的做不到。出于某种原因，某种他没法解释的原因，他觉得他或许可以当着玛丽安的面上佩吉，虽然这会有点尴尬，甚至不一定会让人愉悦。但他立刻就能确定，他永远无法在佩吉或玛丽安别的朋友，或任何人的注视下，对玛丽安做任何事。光是想想，他就感到羞耻和困惑。他不知道自己为什么会有这种感受。要是佩吉或别人入侵了他和玛丽安之间的私密，这会摧毁他内心的某种东西——他的一部分自我，它似乎还没有名字，他从未试图去辨认它。他把潮漉漉的啤酒标签又折了一次，它变得很小，叠得很紧。嗯，他说。

哦，不行，玛丽安说，我会很难为情的。我会尴尬死的。

真的吗？佩吉用一种愉快的、趣味盎然的语气问道，仿佛她既喜欢讨论玛丽安的敏感，也喜欢讨论群交。康奈尔试图不流露出松口气的迹象。

我有很多情感障碍，玛丽安说，我非常神经质。

佩吉用那种女性常用的口吻赞美了玛丽安的外貌，并问她具体指的是什么样的情感障碍。

玛丽安抿住下唇，然后说：好吧，我不觉得自己值得被人爱。

我认为我有种令人无法喜爱的……我很冷漠，人们很难喜欢上我。她在空中舞了舞她修长纤细的手，仿佛她只是大致描述了她想表达的意思，但没有完美地捕捉它。

我不信，佩吉说，她跟你在一起时很冷淡吗？

康奈尔咳了一下，说：没有啊。

她和玛丽安继续聊天，他在指间转动叠好的标签，感到焦虑。

这周玛丽安回了几天家，昨晚回都柏林后，她显得很安静。他们一起在她公寓看了《瑟堡的雨伞》[①]。影片结束时，玛丽安哭了，但她侧过脸去，所以看起来好像没在哭。康奈尔有点不安。电影的结尾的确有点悲伤，但他不觉得有什么可哭的。你还好吧？他问。她点点头，脸依然侧着，他看见她颈部的白色肌腱一鼓一鼓的。

告诉我，他说，你遇到什么不开心的事了吗？

她摇摇头，仍然没转过来。他给她泡了杯茶，端给她时她已经没在哭了。他摸了摸她的头发，她虚弱地微笑了一下。电影里的人物意外怀孕了，康奈尔试图回忆玛丽安上次来例假是哪天。他越想越觉得那日期越来越久远。最后，他慌张地问：你不是怀孕了吧，嗯？玛丽安笑了。他的神经放松下来。

没有，她说，我今天早上来例假了。

哦。那就好。

---

① 《瑟堡的雨伞》，凯瑟琳·德纳芙和尼诺·卡斯泰尔诺沃1964年主演的法国浪漫歌舞电影。

我要是怀孕了你会怎么办？

他微微一笑，用嘴吸了一口气。这取决于你想怎么办，他说。

我承认我会有点想把孩子留下来。但我不会对你那么做的，不用担心。

真的吗？你为什么会这么想？原谅我这么问。

我不知道，她说，某种意义上，我很喜欢自己遇上这么戏剧性的事。我喜欢打破别人对我的期待。你觉得我会是个坏母亲吗？

不，你肯定会做得很好，毫无疑问。你做什么都能做得好。

她微微一笑。我不会逼你负责的，她说。

好吧，无论你做什么决定，我都会支持你的。

他不知道自己为什么说会支持她，他其实没有一丁点多余的收入，未来预期也不会有。他这么说只因为他觉得自己应该这么说。实际上他从来没有考虑过这一点。玛丽安似乎是一个坦诚直率的人，她会自己把所有流程安排好，他大概顶多只用陪着她坐飞机。①

想想看卡里克里的人会怎么说，她说。

哦，对啊。洛兰绝不会原谅我的。

玛丽安飞快地抬头看他，说：为什么，她不喜欢我吗？

不，她很爱你。我是说她不会原谅我让你怀孕这件事。她很爱你，别担心。你知道的，她觉得我远远配不上你。

---

① 爱尔兰曾施行欧洲最严格的堕胎禁令，想堕胎的女性通常需要出境接受手术。据《卫报》统计，每年有3000多名爱尔兰女性在英国堕胎。2018年，爱尔兰全民公投成功废除了堕胎禁令。

玛丽安又微微一笑，拿手去摸他的脸。他喜欢她这么做，于是把脸凑近了些，一边抚摸着她手腕内侧苍白的肌肤。

那你家人呢？他问，我猜他们肯定也不会原谅我。

她耸耸肩，手垂到大腿上。

他们知道我们在交往吗？他问。

她摇摇头。她把视线移开，手托着脸颊。

不过你也没必要告诉他们，他说，他们大概本来也不待见我。他们估计想要你和医生或者律师交往吧，是不是？

我觉得他们不在乎我做什么的。

她把脸埋进摊开的双手中，片刻后，利落地揉了揉鼻子，吸了一下。康奈尔知道她和家人的关系很紧张。中学时他就察觉到了，当时他并没有觉得意外，因为玛丽安和谁关系都很紧张。她哥哥艾伦大她几岁，按洛兰的话说，“性格软弱”。老实说，他很难想象艾伦和玛丽安发生冲突时不会退缩。但现在他们都长大了，她依然不怎么回家，要么从家里回来后像此刻这样，心不在焉，情绪低落，说他们又吵架了，而且不想谈论它。

你又和他们吵架了，是不是？康奈尔问。

她点点头。他们不怎么喜欢我，她说。

我知道你或许觉得他们不喜欢你，他说，但归根结底，他们还是你的家人，他们爱你。

玛丽安一言不发。她既没有点头也没有摇头，只是坐在那儿。没过多久他们就上床了。她正在痛经，说如果做爱的话可能会疼，于是他只是抚摸她，直到她高潮。然后她的心情变得很好，发出很享受的呻吟，说：天哪，太舒服了。他下床去卫生间洗手。卫生间很小，铺的是粉色瓷砖，角落里放了一盆盆栽，到处都是罐装的面霜和香水。他一边在水龙头下冲手，一边问玛丽安有没有好一点。她在床上回答：好多了，谢谢你。他在镜中发现自己的下唇沾了一点血。肯定是手不小心拂到嘴了。他用打湿的指关节去揉它，玛丽安在隔壁说：想想看，要是你遇到别人，然后爱上她，我会多么苦涩啊。她经常开这种小玩笑。他擦干双手，把卫生间的灯关掉。

我不知道，他说，在我看来，现在这样就挺好。

那是，我尽力了。

他回到床上，在她身边躺下，亲她的脸。她看完电影后很难过，但现在她很开心。康奈尔能让她开心。这是他可以带给她的东西，就像金钱或者性。和其他人在一起时她看起来那么独立和疏离，和他在一起时却不一样，她会变成一个完全不同的人。他是唯一一个知道她这一面的人。

终于，佩吉喝完酒告辞了。康奈尔坐在餐桌边，玛丽安去送她。外面的门关上了，玛丽安重新走进厨房。她把她的水杯冲干净，把它朝下放在沥水板上。他等着她回头看他。

你救了我一命，他说。

她转过身，微笑着把挽起的袖子放下来。

我也不会享受那个的，她说，要是你想的话我可以做，但我看得出来你不想。

他看着她。他一直看着她，最后她问：怎么了？

你不该做你不想做的事，他说。

哦，我不是那个意思。

她举起双手，表示这是题外话。他知道，直观来说这的确是题外话。他的态度缓和下来，毕竟他又没有在生她的气。

好吧，刚才幸好你接话了，他说，你对我的喜好非常体贴。

我尽量做到。

没错。过来。

她来到他身边坐下，他抚摸着她的脸颊。突然间，他生出一个非常糟糕的念头：他可以扇她耳光，甚至用力地扇，她都会坐在那儿，任由他这么做。这个念头把他吓坏了，他把椅子推开，站了起来。他的双手在颤抖。他不知道自己为什么会有这种想法。或许他希望这么做。但这让他恶心。

怎么了？她问。

他觉得手指有点刺痛，呼吸也不太对劲。

我不知道，他说，我不知道，对不起。

我做错什么了吧？

没有，没有。对不起。我感觉怪怪的……我觉得有点不对劲。我不知道。

她没有站起来。但如果他让她站起来，她一定会站起来的，不是吗。他的心在剧烈跳动，头晕乎乎的。

你不舒服吗？她问，你的脸都白了。

玛丽安，听我说。你并不冷淡，你知道吗。你不是那样的，一点都没有。

她奇怪地看了他一眼，紧绷着脸。好吧，大概我不该用冷淡这个词，她说，不过这不重要。

你并没有不招人喜欢。你知道吗？大家都喜欢你。

是我没解释清楚。算了。

他点点头。他还是没法正常呼吸。那你想说的是什么？他问。她凝视着他，终于站了起来。你脸色苍白得不正常，她说，你有点晕吗？他说没有。她握着他的手，说他的手摸起来湿湿的。他点点头，呼吸急促。玛丽安静静地说：要是我做了什么让你不高兴的事，我真的很抱歉。他干笑一声，把手抽开。没有，就是感觉怪怪的，他说，我也不知道是怎么回事。现在好了。

三个月后（2012 年 7 月）

玛丽安站在超市里，正在读一罐酸奶背面印的字。她的另一只手握着手机，听那头乔安娜讲她工作上的轶事。乔安娜一讲起故事来可以一个人说很久，所以玛丽安可以放心地分神去读一会儿酸奶罐。这天外面很暖和，她穿着薄衬衣和短裙，冷柜通道的冷气冻得她手臂上起了鸡皮疙瘩。她没什么东西要买，只是不想待在家里，而卡里克里没什么地方能让一个落单的人不那么显眼。她没法一个人喝酒，也没法在主街上买咖啡。到最后甚至去超市也不行，一旦人们意识到她并没有真正在买东西，或者她碰到某个熟人，不得不走过场聊会儿天。

办公室已经半空了，所以什么事都办不成，乔安娜说，但我还在领工资，所以我不介意。

乔安娜现在有工作了，所以尽管她们都住在都柏林，大部分时候都在打电话聊天。玛丽安只在周末回家，而乔安娜只有那个时候才不上班。乔安娜经常在电话里描述她的办公室，那里形形色色的同事，他们之间爆发的剧情，仿佛她来自一个玛丽安从没去过的国家，那里实行受雇领薪制。玛丽安把酸奶放回冷柜，问乔安娜有没有觉得按小时领工资很奇怪——也就是说，用她在地球上非常有限的时间去换取人类发明的一个东西：钱。

你永远也拿不回你的时间，玛丽安补充道，我是说，时间是真的。

钱也是真的。

好吧，但时间更真。时间是物理元素，而金钱只是社会建构。

是的，但我上班时仍然活着，乔安娜说，我还是我，我仍在经历生活。你没有在上班，没问题，但对你来说，时间仍然在流逝。你也没法把它拿回来。

但我可以决定用它来干什么。

请容我指出，你的决策同样是一种社会建构。

玛丽安笑了。她离开冷柜通道，走向零食区。

我不认为上班是正当合理的，她说，有的工作或许例外，但你只是在办公室里把文件挪来挪去，你并没有对人类的奋斗做出贡献。

我提都没提正当性的问题。

玛丽安举起一包干果仔细审视，它里面有葡萄干，于是她放下它，拿起另一袋。

你觉得我因为你闲着所以瞧不起你吗？乔安娜问。

内心深处我认为是这样的。你瞧不起佩吉。

佩吉脑子也是闲着的，跟你不一样。

玛丽安咂了下舌头，仿佛在责备乔安娜这么说太毒了，但并没有投入太多情感。她在读一包苹果干的包装袋背面上的字。

我不希望你变成佩吉那个样子，乔安娜说，我喜欢你现在的样子。

哦，佩吉没那么糟。我要去收银台了，挂了。

好。你明天完事以后可以跟我打电话，要是你想聊天的话。

谢谢，玛丽安说，你真够朋友。拜。

玛丽安向自助收银台走去，抱着苹果干，路上顺带拿了一罐冰茶。她来到那排自助收银机前，正好看见洛兰在把篮子里的各种东西拿出来。一见玛丽安，她就停了下来，说：你好啊！玛丽安把果干紧紧抱在胸前，向洛兰问了声好。

你最近怎么样？洛兰说。

很好，谢谢。你呢？

康奈尔跟我说你是班上第一。拿各种奖什么的。当然了，我一点都不意外。

玛丽安笑了。她感觉自己笑的时候露出了牙龈，很孩子气。她紧紧捏着那袋果干，觉得自己汗湿的手快把它捏碎了，于是把它拿到机器上去扫。超市灯光仿佛被漂白过一样，她没化妆。

哦，她说，都没什么大不了的。

康奈尔从拐角走出来，他当然也在了。他拎着六包薯片，盐和醋口味的。他穿着一件白 T 恤，一条两边带杠的运动裤。他的肩膀看起来更宽了。他看着她。他一直在超市里，说不定在冷柜通道已经看到了她，于是赶忙走开，免得和她有眼神交流。说不定他听到她打电话了。

你好，玛丽安说。

你好。我都不知道你回来了。

他看了眼他母亲，然后扫了薯片，把它们放进装袋区。他看到玛丽安时似乎真的很惊讶，起码他不愿意看她，不跟她说话。

我听说你在都柏林非常受欢迎，洛兰说，你瞧，我现在知道圣三一的各种八卦了。

康奈尔没有抬头。他在扫购物车里的其他东西：一盒茶包，一条切好的面包。

你儿子是在客气罢了，肯定是这样的，玛丽安说。

她拿出钱包付钱，总共花了三欧八毛九。洛兰和康奈尔把他们买的东西装进环保塑料袋里。

要不要我们捎你回家？洛兰问。

哦，不用了，玛丽安说，我走路回去。谢谢你。

走路！洛兰说，走回布莱克福特路？不行。我们捎你。

康奈尔拎起两个塑料袋，歪着头朝门口走去。

来吧，他说。

五月后玛丽安就再没见过他。考完试他就搬回了家，她继续留在都柏林。他说他想跟别人约会，她说：没问题。如今，由于她从没当过他的正式女友，她甚至算不上他的前女友。她什么都不是。他们一起进了车，玛丽安坐在后排，康奈尔和洛兰谈起他们最近去世的一个熟人，因为他年纪很大了，所以没那么令人难过。玛丽安看向车窗外。

其实，我很高兴能这么碰见你，洛兰说，很高兴看到你过得这么好。

哦，谢谢你。

你在镇上待多久？

就回来过个周末，玛丽安说。

在福克斯菲尔德小区的大门前，康奈尔打了转向灯，在他家门外停下。洛兰下了车。康奈尔从后视镜里扫了一眼玛丽安，说：来吧，坐到前面来行不？我又不是出租车司机。玛丽安一言不发地照做了。洛兰打开后备厢，康奈尔在座位上转过身。别管它们了，他说，我回来时把它们拎进去。她举起双手作投降状，把后备厢盖关上，跟他们挥手告别。

从康奈尔家到玛丽安家开车很近。他从小区开出去后左拐，向着环岛开去。几个月前，他和玛丽安还整夜不眠地聊天，做爱。他早上会把她的毯子扯下来，骑到她身上，面带微笑，像在说：早上好啊。他们曾经是最好的朋友。这是他亲口说的，当她问他最好的朋友是谁时，他说，是你。到了五月底，他跟她说，他夏天要搬回家住了。

你过得怎么样？他问。

很好，谢谢。你怎么样？

我还行，嗯。

他的手不容分说地换了挡。

你还在加油站上班吗？她问。

没有了。你说的是我以前打工的那个地方吧？已经关门了。

是吗？

没错，他说，我在“小酒馆”打工。其实那天晚上我还看见你妈妈和她的，呃，男朋友还是什么人一起来的。

玛丽安点点头。他们沿着足球场行驶。一层薄雨洒在挡风玻璃上，康奈尔把雨刮器打开，它在他们前方的路上单调地来回刮动。

春天阅读周[①]的时候康奈尔回了家，他问玛丽安能不能给他发她的裸照。如果你想让我删我会删的，这是当然的，他说，你可以监督我。这个提议让玛丽安意识到一种她闻所未闻的色情仪式。我为什么想让你把它们删掉？她问。他们当时正在打电话，康奈尔在福克斯菲尔德的家里，玛丽安在梅瑞恩广场旁的公寓里，在床上躺着。他简要解释了裸照的政治内涵，为什么不给别人看，为什么要按要求删除，等等。

很多女孩给你发这种照片吗？她问他。

嗯，现在没有了。我以前从没问人要过，但有时的确有人会发这种照片。

她问他愿不愿意向她回赠他的裸照，他“嗯”了一声。

我不知道，他说，你确定想看我的鸡鸡吗？

好笑的是，她觉得自己嘴巴内侧变湿了。

确定，她说，但如果你发给我的话，说实话我是绝对不会删的，所以你可能还是不发比较好。

他笑了。没事，我不在乎你删不删，他说。

她松开交叉的脚踝。我的意思是我要把它带进坟墓里，她说，我大概每天都会看它，看到死为止。

他听后大笑起来。玛丽安，他说，我不信教，但有时我真觉

① 欧洲部分大学部分科目会安排一周不上课，用于学生阅读课内材料，以更好地准备课程。

得你是上帝为我而造的。

驾驶座侧的车窗外，体育中心在雨雾迷蒙中一闪而过。康奈尔又看了一眼玛丽安，然后回头看路。

你在和那个叫杰米的人交往，是不是？他问道。

对。

他长得不算丑。

哦，她说，好吧。谢谢。

她和杰米交往有几周了。他有一些倾向。他们有一些共同的倾向。有时大白天里，她会记起杰米对她说过的话或做过的事，于是她会失去所有力气，感觉自己的身体像一具尸体，一件重得要命又糟糕的东西，她得搬着它到处走。

嗯，康奈尔说，我有次打台球赢过他。你估计不记得了。

我记得的。

康奈尔点点头，补充道：他一直很喜欢你。玛丽安透过挡风玻璃看向前方的车。的确如此，杰米一直很喜欢她。他给她发过短信，暗示康奈尔对她不够认真。她把那条短信给康奈尔看了，两人曾一起对此大笑。他们当时躺在床上，康奈尔的脸被她手机屏幕的光照亮。你应该和认真对待你的人在一起，那条短信写道。

你呢？你在和谁交往吗？她问。

没有。没有认真谈的。

享受单身生活。

你了解我的，他说。

我曾经了解。

他皱皱眉。有点玄乎啊，他说，我过去几个月又没怎么变。

我也没有。其实，我一点都没变。

五月的一个晚上，玛丽安的朋友苏菲在家办了一场聚会，庆祝考试结束。她的父母在西西里还是别的什么地方。康奈尔当时还剩一科没考完，但他并不担心那门考试，所以也去了。他们的朋友都在那儿，有部分原因是苏菲家的地下室有一个恒温游泳池。他们那天晚上大部分时间都穿着泳衣，在水里进进出出，喝酒聊天。玛丽安坐在泳池边，拿着一只装了红酒的塑料杯。有人在泳池里玩游戏，游戏规则似乎是要一个人坐在另一个人肩上，然后各组试图把对方撞进水里。苏菲在第二轮时爬上康奈尔的肩膀，赞许地说：你的身板很结实啊。玛丽安带着醉意看着他们，欣赏苏菲和康奈尔在一起的样子，他的双手扶着她光滑的棕色小腿，她感到莫名的怀旧，尽管这一切正在发生。苏菲看向她。

别担心，玛丽安，她说，我不会把他偷走的。

玛丽安以为康奈尔会盯着池水发呆，假装没听见，但他却转过来，对她微微一笑。

她没在担心，他说。

她不知道这话究竟是什么意思，但她笑了，然后游戏开始了。她感到幸福，因为她被自己喜欢、也喜欢她的人所包围。她知道她要是想说话，大家估计都会转过来，趣味盎然地聆听，这让她感到高兴，尽管她没什么可说的。

游戏结束后，康奈尔向她走来，站到她垂在水里的双脚前。她温柔地低头看着他。我在欣赏你，她说。他把前额上打湿的头发拂开。你老是在欣赏我，他说。她轻轻拿小腿踢了他一下，他握住她的脚踝，手指轻轻地抚摸它。你和苏菲组的队很强，她说。他继续在水下抚摸着她的腿。这感觉很好。有人叫他回深水区，他们还想再玩一局。你们玩吧，他说，我要休息一轮。然后他跳上泳池边，在她身畔坐下。他打湿的身体闪烁着微光。他用手掌撑在她旁边的瓷砖上，稳住身体。

过来，他说。

他拿手臂环绕住她的腰。他从来、从来没在别人面前这么抚摸她。他们的朋友从没见过他们这样，没人见过。泳池里的人还在拍水叫嚷。

很舒服，她说。

他转过头，亲了一下她裸露的肩膀。她笑了，感到震惊，也感到满足。他转头看向水面，然后看向她。

你很开心，他说，你在微笑。

你说得没错，我很开心。

他朝着水池点点头，佩吉刚落进水里，大家在笑。

人生就是这样的吗？康奈尔问。

她看着他的脸，他的神情，但她看不出他是感到高兴还是痛苦。什么意思？她问。但他只是耸耸肩。几天后，他告诉她他暑假要离开都柏林。

你没跟我说你回来了，他说。

她慢慢地点点头，仿佛还在思考，仿佛她才意识到她没跟康奈尔说自己回来了，而这一点很有趣。

什么意思，我们现在不是朋友了吗？他问。

我们当然是。

你不怎么回我短信。

她承认自己在忽略他。她不得不告诉别人他们之间发生了什么——他甩了她，然后搬走了——这让她很丢脸。是她把康奈尔介绍给所有人，告诉他们他有多么好，多么感性聪明，而作为回报，他连续三个月几乎每晚都在她公寓过夜，喝她买的啤酒，然后冷不丁地甩了她。这让她看起来很蠢。当然了，佩吉对此一笑了之，说男人都一个德性。乔安娜似乎认为这一点都不好笑，而是让人不解、难过。她不停地问玛丽安，分手时他们各自说了什么，然后她安静下来，仿佛在脑中重现当时的情景，试图理解它。

乔安娜想知道，康奈尔是否了解玛丽安家里的情况。卡里克里的人互相都知根知底的，玛丽安说。乔安娜摇摇头，说：我的意思是，他知道他们是什么样的吗？玛丽安没法回答这个问题。她感觉就连她自己也不知道她家里人是什么样的，她一直觉得自己没法好好描述他们，她经常在两极间徘徊，要么夸大其词（这让她内疚），要么轻描淡写（这也让她内疚，只不过是另一种内疚，是为她自己内疚）。乔安娜以为她知道玛丽安的家人是什么样的，但她怎么可能知道，其他任何人怎么可能知道，如果连玛丽安自己都不知道？康奈尔当然不知道。他来自一个充满爱的家庭，心智稳定。他把每个人都往最好的方面想，对真相一无所知。

我以为你要是回来了，至少会给我发短信，他说，不知道你回来了然后又碰到你，感觉怪怪的。

这时，她想起他们四月开车去霍斯那天，她把酒壶落在康奈尔车里了，最后也没把它拿回来。它或许还在副驾储物箱里。她看着储物箱，但觉得自己没法把它拉开，因为他会问她在做什么，于是她就不得不提起去霍斯的旅行。他们那天在海里游泳，然后把车开到一个隐蔽的地方停下来，在后座上做爱。要是趁现在他们又坐在同一辆车里时提起那天，就显得太厚颜无耻了，尽管她真的很想把酒壶要回来，又或许这跟酒壶无关，说不定她只是想提醒他，他曾在这辆车的后座上和她做爱，她知道他听了会脸红，或许她想让他脸红，想通过折磨他来展示自己的力量，但这不像她的风格，所以她什么都没说。

你怎么回来了？他问，只是看望家人吗？

回来参加我父亲的去世周年弥撒。

哦，他说。他扫了她一眼，然后透过挡风玻璃向外看。对不起，他说，我没意识到。那是什么时候，明早？

她点点头。十点半，她说。

对不起，玛丽安。我太蠢了。

没关系。我其实本来不想回来的，但我母亲坚持要我回来。我没有去做弥撒的习惯。

哦，这样啊，他说。

他咳了一下。她看向挡风玻璃外。他们已经开上通往她家的那条街了。她和康奈尔没怎么聊过她父亲或他父亲的事。

你想我来吗？康奈尔问，如果你不愿意，我就不来。但我不介意来的，要是你愿意的话。

她看着他，感觉身体失去了力气。

谢谢你这么说，她说，谢谢你的好意。

我不介意的。

你真没必要来。

不麻烦的，他说，我想来，真的。

他打了转向灯，把车停在她家碎石铺的停车道上。她母亲的车不在，说明她不在家。这栋巨大的白房子居高临下地怒视着他们。窗户的布局让房子看起来一脸不满的样子。康奈尔把引擎熄掉。

忽略你信息是我不好，玛丽安说，这样做太幼稚了。

没关系。你要是不想再跟我做朋友，我们也不用勉强。

我当然想跟你做朋友。

他点点头，手指在方向盘上敲击。他的身体又大又温和，像一只拉布拉多犬。她想告诉他一些事情。但现在太晚了，而且告诉别人从来没给她带来任何好处。

好吧，康奈尔说，明早在教堂见，怎么样？

她咽了一下口水。你不想进去坐一会儿吗？她说，我们可以喝杯茶什么的。

哦，我想的，但是后备厢里有冰激凌。

玛丽安转过头去，想起购物袋，突然感觉迷失了方向。

洛兰会杀了我的，他说。

对哦。我都忘了。

她从车里下来。他在窗后挥手。他会来的，明天早上，他会穿一件白色牛津衬衫，外面套一件藏青色运动衫，看起来像一头无辜的绵羊，仪式结束后他会和她一起站在门厅，话不多，但会用目光给她打气。他们会彼此微笑，如释重负。然后他们就又是朋友了。

六周后（2012 年 9 月）

他赶着去见她，可是要迟到了。公交车堵在路上了，因为城里在搞什么聚众抗议。他已经晚了八分钟，还不知道咖啡馆在哪里。他从来没和玛丽安碰头“喝咖啡”。这天太暖和了，气温有点反季，让人痒得慌。他在卡佩尔街上找到了那家咖啡馆，然后经过收银台，朝后门走去，看了看手机。三点零九分。穿出后门，玛丽安坐在吸烟区的花园里，已经喝上咖啡了。没人在外面，这地方很安静。她看到他了，不过没有起身。

抱歉我来晚了，他说，有人在搞抗议，公交延误了。

他在她对面坐下来。他还没点东西。

没事儿，她说，抗议什么？不是堕胎什么的吧？

他为自己没注意到抗议内容而感到羞愧。不，我觉得不是，他说，房产税什么的。

好吧，祝他们好运。愿革命来得又快又狠。

七月她回家参加父亲的弥撒，自那以后他们再没见过面。她的嘴唇看上去很苍白，有点开裂，眼睛下面有黑眼圈。虽然他喜欢看到她容光焕发的样子，但当她看起来病恹恹或者皮肤状态不佳时，他会生出一种特别的同情，仿佛看到一个运动健将在某场比赛中表现欠佳。不知为何，这让她看起来更友好了。她穿着一件非常优雅的黑衬衫，手腕看起来纤细洁白，头发松松地绾在颈后。

对，他说，说实话，要是它更粗暴一点的话，我可能会更有动力去抗议。

你想被警察殴打吗？

有比被打更糟的事。

他说这话时，玛丽安正准备喝一小口咖啡，她把杯子举到唇边，似乎顿了一下。他不知道自己是怎么从她喝水的正常动作里察觉到这个停顿的，但他看见了。她把咖啡杯放回碟上。

我同意，她说。

什么意思？

我同意你的说法。

你最近被警察攻击了吗，还是我错过了什么事？他问。

她从砂糖包里弹了一点糖进杯子，然后搅了搅。最后她终于抬头看他，仿佛想起他正坐在这里。

你不喝杯咖啡吗？她问。

他点点头。下车后一路走过来，他还有点气喘，穿这么多衣服有点热了。他从桌边站起来，走进主屋。这里很凉快，光线暗了许多。一个涂红色口红的女人接了他的单，说会直接把它端过来。

直到四月，康奈尔一直计划夏天在都柏林打工，用工资来付房租，但考试前一周，他老板说要减他的工时。这样一来，他刚好能赚到房租，但剩不下生活费了。他早就知道这个地方要垮了，他很气自己没去找别的工作。他连续几周都在想这件事。最后他意识到自己夏天不得不搬出去。尼尔很仗义，说等九月回来了，房间还是他的。那你和玛丽安呢？尼尔问。康奈尔说：嗯，我不知道。我还没跟她说。

其实他反正大部分时候都在玛丽安的公寓过夜。他可以把这个情况告诉她，问她能不能在她那儿待到九月。他知道她肯定会同意。他觉得她会同意的，很难想象她不同意。但他发现自己不断地推迟跟她商量，不断地敷衍尼尔的问题，每次打算跟她提起这件事，临到头又说不出口。他觉得自己没法找她要钱。他和玛丽安从不谈钱的事。他们从没谈过，好比说，她母亲付钱让他母亲擦地板、晾衣服，也没谈过这笔钱最终间接地流向康奈尔，再由他时不时花在玛丽安身上。他知道玛丽安从没这么想过。她经常给他买东西，付晚饭钱、买话剧票，她完成支付后就立刻、永远地把它们抛在脑后。

考试快结束时，他们去苏菲·蕙兰家参加聚会。他知道自己最后不得不告诉玛丽安，他要从尼尔那儿搬出去，然后不得不直截了当地问她，能不能住她那儿。那天傍晚他们大部分时间都待在泳池边，浸在温暖的池水里，感受着令人着迷的失重感。他看着玛丽安四处拍水，穿着一件没有肩带的红色泳衣。一缕打湿的头发从她绾的发髻里逃了出来，沾水后贴在她颈背上，被她的皮肤衬得闪闪发光。大家都在大笑、喝酒。他感觉这一切都不真实。他根本不了解这些人，他甚至几乎不相信他们乃至他自己的存在。站在泳池边，他一时冲动，吻了玛丽安的肩膀，她向他微笑，很高兴的样子。没人在看他们。他以为那天晚上上床后他会跟她讲租金的事。他很害怕会失去她。他们上床后她想要做爱，结束后睡着了。他想把她叫醒，但他做不到。他决定等到最后一场考试结束后，再跟她说他要搬回家。

两天后，交了中世纪及文艺复兴时期传奇的论文，他直接去了玛丽安的公寓。他们坐在桌边喝咖啡，他心不在焉地听她讲特里萨和洛肯之间的复杂关系，等她讲完，他说：对了顺便一提，我今年夏天可能付不起房租了。玛丽安抬起头，不带感情地问：你说什么？

他说，我要从尼尔那儿搬出来了。

什么时候？玛丽安问。

很快了。大概下周吧。

她的脸越来越僵硬，没有流露出任何感情。哦，她说，那你要搬回家了。

他揉了揉胸骨，感觉有点喘不过气。应该是吧，嗯，他说。

她点点头，飞快地扬了扬眉毛，又垂下来，然后低头盯着她的咖啡。好吧，她说，你九月应该会回来的，我猜。

他眼睛很痛，于是闭上了双眼。他不知道这一切是怎么发生的，不知道对话是怎么跑偏的。现在再说想和她住一起已经太晚了，显而易见，但这是什么时候变得太晚的？一切似乎立刻就发生了。他想象自己把脸放在桌上，像孩子般哭泣。然而他只是重新睁开双眼。

对，他说，我不会辍学的，别担心。

所以你只走三个月。

对。

长长的停顿。

他说，我猜你可能会想和别人约会？

终于，玛丽安用一种在他听来非常冷酷的声音说：当然了。

他起身，把咖啡倒进水槽，尽管他还没喝完。离开公寓后，他还是哭了，既为自己的可悲，居然企图和她同居，也为他们之间结束的关系，无论它具体算什么。

几周后她就开始和别人约会，是她的朋友，叫杰米。杰米的父亲是金融危机的始作俑者之一——不是象征意义上的，而是实际参与者之一。这个消息是尼尔告诉康奈尔的。康奈尔上班时读了短信，然后走到后屋，把额头抵在一个冰凉的架子上，几乎快有一分钟。玛丽安早就想跟别人约会了，他心想。她或许很庆幸他因为没钱而离开都柏林。她想要那种家里能带她假期去滑雪的男朋友。现在她找到这个人了，她甚至都不再回他邮件了。

七月，就连洛兰都听说玛丽安在和别人约会了。康奈尔知道镇上的人都在传这件事，因为杰米有这样一个举国上下臭名昭著的父亲，也因为没什么别的事发生。

你们俩什么时候分手的？洛兰问。

我们从没在一起过。

我以为你们在约会。

不是很认真的那种，他回答道。

现在的年轻人啊。我真是搞不懂你们这些事情。

你还没老呢。

我上学那会儿，她说，大家要么在约会，要么就没有。

康奈尔动了动下巴，呆呆地盯着电视。

那我是怎么来的？他问。

洛兰责备地用肘顶了顶他，他继续看电视。现在正在放一档旅游节目，长长的银色沙滩，蓝色的海水。

玛丽安·谢里登是不会跟我这样的人约会的，他说。

“你这样的人”是什么意思？

我认为她的新男友跟她更门当户对。

洛兰沉默了几秒。康奈尔感觉到自己的后齿在轻轻摩擦。

我不相信玛丽安会那么做，洛兰说，我觉得她不是那种人。

他从沙发上站起来，说，我只能告诉你发生了什么。

好吧，但你或许对发生的事有所误解。

但康奈尔已经离开了房间。

回到咖啡馆外，强烈的阳光把所有颜色都碾成刺眼的碎片。玛丽安点了一支烟，开了的烟盒放在桌上。他坐下后，她透过小小的灰色烟云朝他微笑。他觉得她有点娇羞，但不知道是为了什么。

我们从没在外面喝过咖啡吧，他说，是不是？

没有吗？我们肯定喝过。

他知道他这样很讨人厌，但他停不下来。没喝过，他说。

喝过的，她说，我们去看《后窗》之前一起喝过咖啡。不过我猜那次可能更像是在约会。

她的回答让他很惊讶，作为回应，他发出含糊的嗯嗯声。

他们身后的门开了，那个女人端着他的咖啡走了出来。康奈尔向她道谢，她微微一笑，走了回去。门旋上了。玛丽安说，她希望康奈尔和杰米能互相了解。我希望你们能合得来，她说。然后她紧张地看着康奈尔。她真挚的神情打动了他。

好啊，肯定没问题的，他说，我们为什么会合不来？

我知道你会很友好。但我的意思是希望你们能合得来。

我会努力的。

你别吓唬他，她说。

康奈尔往咖啡里倒了几滴牛奶，看着白色液体涌到表面，然后把咖啡杯放回桌面。

哦，他说，我希望你也会嘱咐他别吓唬我。

好像你会被他吓到一样，康奈尔。他还没我高。

这不一定和身高有关，是不是？

在他看来，你高得多，而且你之前一直在和他女朋友上床。

这个说法不错。你是这么跟他介绍我的吗——康奈尔就是那个之前上过我的高个子？

她笑了，说，我没那么说，但大家都知道。

所以他对自己的身高有点自卑吗？我不会利用这点，我只是想知道，康奈尔说。

玛丽安举起咖啡杯。康奈尔不知道他们现在是什么关系。他们都同意彼此不再相互吸引了吗？从什么时候开始？他从玛丽安的举动里没有找到任何线索。事实上他怀疑她仍被自己吸引，而在她看来，继续喜欢一个永远不属于自己世界的人很搞笑，像一个他俩才懂的笑话。

七月，他去参加玛丽安父亲的逝世周年弥撒。镇上的教堂很小，闻起来有雨水和熏香的味道，窗户上镶了花窗画。他和洛兰从没参加过弥撒，他以前只有参加葬礼时才进来过。他到时看见玛丽安坐在门厅里。她看起来像一件宗教艺术作品。没人提醒过他看到她会这么痛苦，他想干点可怕的事，比如说把自己点燃，或者开车撞到树上去。焦虑时他总会下意识地想象严重的自残手段。通过想象比他的实际感受糟糕、彻底得多的痛苦，他似乎能获得短暂的安慰，或许只是因为这样做需要消耗大量脑力，会暂时打断他的思路，而事后他只会觉得更糟。

那天晚上，玛丽安回都柏林后，他和几个中学同学去喝酒，先去凯莱赫酒馆，然后去麦高恩酒馆，最后去酒店背后那家差劲的幻影夜店。跟他真正玩得好的人都不在，几杯酒下肚之后，他意识到自己不是来跟人聊天的，他只是想把自己灌醉到失去意识的状态。他渐渐从对话中抽离开来，专注地喝尽可能多的酒又不至于烂醉如泥，他甚至不再跟着别人的笑话一起笑，也不再听他们的对话。

他们在幻影遇到了葆拉·尼里，他们以前的经济学老师。那时康奈尔已经醉得视野开始错位，每件实物周围都出现叠影，如鬼似魅。葆拉请他们每个人喝龙舌兰。她穿着一条黑裙子，配了一根银色吊坠项链。他把手背上的盐线舔掉，看见她的项链出现鬼影，一道模糊的白色轨迹绕在她肩上。当她看他时，她长了不止两只眼睛，它们在半空中迷人地转动，像珠宝一般。他对着它们笑起来，于是她靠过来，气呼在他脸上，问他什么东西这么好笑。

他不记得他是怎么去的她家，是走路还是打车，他至今都不知道。她家是那种没怎么装修过的干净，孤独的房子有时会给人那种感觉。她好像没有爱好：屋里没有书架，没有乐器。你周末的时候会干什么，他记得自己含糊不清地问。我出去找乐子，她说。哪怕在当时，这个答案都让他觉得非常压抑。她倒了两杯红酒。康奈尔坐在皮沙发上，为了让手有点事做，把红酒喝了。

今年校足球队怎么样？他问。

没你就不一样了，葆拉说。

她在他身旁的沙发上坐下来，裙子轻轻滑下来一点，露出右胸上一颗痣。他上学时就可以上她。大家都拿这个开玩笑，但这要是真的发生了，他们可能会感到震惊，会被他吓到。他们或许会觉得他的内向背后藏着某种冷酷可怖的东西。

你人生中最美好的时光，她说。

什么？

中学是你人生中最美好的时光。

他想笑，但声音一出口变得滑稽而紧张。这我就不知道了，他说，要真是如此那还挺可悲的。

这时她开始吻他。这如同一桩奇怪的遭遇，表面上让人不悦，其实又很有趣，仿佛他的人生转入一个新的方向。她的嘴尝起来是苦的，龙舌兰的味道。他想了想她吻他这件事合不合法，最后认为应该是合法的，因为他想不出说它是非法的理由，尽管他仍然觉得这么做在本质上是错的。每当他向后退去，她似乎都跟着他向前，于是他发现自己不知道实际发生了什么，也不确定自己是笔直地坐在沙发上，还是向后躺靠在扶手上。作为试验，他企图坐起来，于是发现自己其实已经坐起来了，而他本以为是天花板上的小红灯，其实是房间那头音箱系统的待机灯光。

上学时，尼里小姐曾让他非常不适。他现在这样允许她在她家客厅沙发上吻他，是在战胜这种不适，还是向它屈服？他几乎没时间来厘清这个问题，因为她已经开始解他牛仔裤的扣子了。情急之下他试图把她的手推开，但推得太无力，反倒让她以为他在帮她。她把最上面的纽扣解开了，他跟她说他太醉了，他们或许应该停下来。她把手探进他内裤的松紧带里面，说没关系，她不介意。他觉得自己大概要昏过去了，结果发现没有。他希望自己能昏过去。他听见葆拉说：你好硬。她这么说实在太蠢了，因为他真的没有。

我要吐了，他说。

她立刻弹了回去，拉着她的裙子，他趁机从沙发上站起来，把牛仔裤扣子重新系上。她谨慎地问他还好吗。当他看向她时，能看到两个葆拉坐在沙发上，边界分明，看不出哪个是本尊，哪个是幻影。对不起，他说。第二天早上他在自家客厅的地板上醒来，衣服一件不少。他至今都不知道自己是怎么回家的。

他肯定是对自己某个地方有点自卑，玛丽安说，我不知道具体是哪里。也许他希望自己能更理性。

或许他只是自尊心很强。

不，绝对不是那样。他……

她的眼睛飞快地来回转。她看起来像一个高明的数学家，大脑内进行着演算。她把咖啡杯重新放回碟子上。

他怎么了？康奈尔问。

他是个施虐狂。

康奈尔隔着桌子瞪她，只能用面部表情来表达这句话带给他的惊恐，她露出一个可爱的微笑。她在碟子上把杯子转来转去。

你是认真的吗？康奈尔问。

他喜欢打我。仅限于做爱的时候。吵架的时候不会。

她笑了，笑得很蠢，不适合她。康奈尔的眼前猛地晃了一下，仿佛严重的偏头痛马上就要袭来，然后拿手扶住额头。他意识到自己很害怕。在玛丽安面前，他经常觉得自己很天真，尽管实际上他的性经验比她要丰富得多。

你喜欢那样吗？他问。

她耸耸肩。烟灰碟里，她的香烟快烧完了。她迅速拾起它，吸了一口，然后把它掐灭。

我不知道，她说，我不知道我是不是真的喜欢这样。

那你为什么让他这么做？

是我的主意。

康奈尔举起杯子，喝了一大口非常烫的咖啡，想让手上有点事干。他把咖啡杯放回原位时，咖啡荡了出来，洒在碟子上。

你什么意思？他问。

是我的主意，我想臣服于他。很难解释。

没事，要是你乐意的话，你解释给我听。我很感兴趣。

她又笑了一下。你听了会很难受的，她说。

没事。

她看着他，或许想看看他是不是在开玩笑，然后她仰起下巴，于是他知道她会告诉他的，因为要是她退缩了，那就意味着她向某种东西认输，而她不愿承认这一点。

我不会因为被贬低或侮辱而感到兴奋，她说，我只是想知道，如果别人要我贬低自己，我是否真的会这么做。这么说你明白吗？我不知道你理不理解，我最近一直在想这个。这其实关乎权力，而不是实际发生了什么。不管怎么说，是我跟他提的，说我可以努力变得更顺从。结果他原来喜欢打我。

康奈尔咳嗽起来。玛丽安从桌上一个罐子里拿出一支搅咖啡用的小木片，用手指把它拧来拧去。他等咳嗽平息下来后问：他会对你做什么？

不好说，她说，他有时候拿皮带打我。他喜欢掐我脖子，诸如此类。

好吧。

我是说，我并不享受被打。但是，如果你只想做你喜欢的事，那就算不上真正的臣服了。

你一直都有这种想法吗？康奈尔问。

她看了他一眼。他觉得自己仿佛被恐惧吞噬，被变成了别的东西，仿佛他刚刚穿过恐惧，而注视着她，让他觉得自己正穿过水湾向她游去。他拾起烟盒，盯着它看。他的牙齿开始颤抖，他在下唇上放了支烟，把它点燃。玛丽安是唯一一个能在他心中激起这种情感的人，这种与自我分离的诡异感觉，仿佛他溺水了，连时间都不复存在。

我不想让你觉得杰米是个坏人，她说。

他听起来像。

他其实不是。

康奈尔吸了口烟，让双眼合上一秒。太阳非常温暖，他能感到玛丽安的身体近在身畔，感觉到口中的烟和咖啡苦涩的余味。

或许我希望被虐待，她说，我不知道。有时候我觉得自己是个坏人，应当被人虐待。

他呼出一口气。春天时，他有时会在半夜从玛丽安身边醒来，如果她也醒了，他们会挪到彼此的臂弯里，直到他感觉自己进入她体内。他什么都不用说，除了问她这样行不行，而她总会说行。他当时的感受此生任何事物都无法匹敌。他常常希望自己能在她体内入睡。他绝不会和别人做这样的事，他也绝不想。事后他们也不说话，就又在彼此的怀抱中睡去了。

我们在一起的时候，他说，你从没跟我提过这些事……

跟你在一起时不一样的。我们的情况，你知道的。不一样。

她用两手把木片拧起来，然后松开一边，让它从指间弹开。

我是不是应该觉得很受伤？他问。

不是。如果你想知道最简单的解释，我可以告诉你。

你会撒谎吗？

不会，她说。

她顿了一下。她小心地把搅咖啡的木片放了下来。她现在没有道具了，于是伸手抚了一下头发。

和你在一起时，我不需要玩任何游戏，她说，一切都很真实。跟杰米在一起时，我像是在扮演一个角色，假装有这种感受，仿佛我受他掌控。你我之间的确有某种张力，我的确有这种感受，你想让我做什么我都会去做。你看，你现在肯定觉得我是个坏女朋友。我不忠。谁不会想打我？

她用手捂住双眼。她在微笑，笑得很倦怠，带着自我厌恶。他在大腿上擦干掌心。

我不会的，他说，或许我在那方面太老土了。

她把手拿开，看着他，脸上依然带着那个微笑，嘴唇看起来还是很干。

我希望我们永远都能支持彼此，她说，这让我非常安心。

好啊，没问题。

这时她看向他，仿佛他们在一起坐了那么久，她此刻才看到他。

不说我的事了，她说，你怎么样？

他知道她是真心想知道。他本性不喜欢向他人倾诉，或向他们索要什么东西。因此他需要玛丽安。这对他来说是个新发现。

他可以向玛丽安索取。尽管他们之间有一些险阻和憎恨，他们仍然没有分开。这在他看来很了不起，几乎令人动容。

今年夏天我遇到一件很诡异的事，他说，你想听吗？

四个月后（2013 年 1 月）

她和朋友们待在公寓里。这周刚考完奖学金笔试，下周一就要开学了。她觉得筋疲力尽，像一只被倒得底朝天的容器。她正在抽这晚的第四支烟，抽得她胸口发酸。她还没吃晚饭，午饭就吃了一只橘子和一片没抹黄油的吐司。佩吉正坐在沙发上，讲她买通票坐火车环游欧洲的故事，不知为何，她一直在解释西柏林和东柏林的区别。玛丽安呼了口气，心不在焉地说：没错，我去过的。

佩吉转向她，双眼圆瞪。你去过柏林？她问，我还以为他们不准康诺特省①的人出那么远的门。

有几个人礼貌地笑了。玛丽安把烟灰弹在沙发扶手上的陶瓷盘里。好笑得很，她说。

农场肯定给你放假了，佩吉说。

没错，玛丽安说。

佩吉继续讲她的故事。她最近经常趁杰米不在的时候在玛丽安的公寓过夜，在她床上吃早餐，甚至在玛丽安洗澡时跟着她进浴室，漫不经心地剪脚指甲，说男人的坏话。玛丽安喜欢被佩吉钦点成密友，哪怕佩吉表达友谊的方式通常是占用她大量的闲暇

① 康诺特省，爱尔兰四个历史省份之一，位于爱尔兰西部，共有五个郡，包括玛丽安的家乡斯莱戈郡。

时间。最近，在派对上，佩吉开始在众人面前取笑玛丽安。看在她们朋友的面子上，玛丽安会努力跟着一起笑，但面部会因发力而扭曲，于是佩吉会借机进一步戏弄她。等大家离开后，她会依偎在玛丽安的肩头，说：别生我气嘛。玛丽安会低声反驳说：我没有生你气。这会儿事态又开始向这个对话发展，离上次结束才不到几个小时。

柏林的故事结束后，玛丽安又去厨房里拿了一瓶红酒，给朋友们的杯子续酒。

对了，你笔试考得怎么样？苏菲问她。

玛丽安幽默地耸耸肩，换来一点点笑声。她的朋友们有时似乎拿不准她和佩吉的关系，于是会在玛丽安试图搞笑的时候，额外贡献一些笑声，似乎是出于同情甚至怜悯，而不是被逗笑。

说实话，佩吉说，你搞砸了，是不是？

玛丽安微微一笑，扮了个鬼脸，把酒瓶重新盖上。奖学金笔试两天前结束了；佩吉和玛丽安都参加了。

嗯，本来可以考得更好的，玛丽安圆通地说。

这太像你了，佩吉说，你是世界上最聪明的人，但一到关键时刻就要掉链子。

你明年可以再考，苏菲说。

我觉得她俩考得没那么差，乔安娜说。

玛丽安避开乔安娜的注视，把红酒放回冰箱。奖学金得主能免去五年学费、免费入住学校宿舍，每天晚上还能和其他奖学金得主在学校餐厅一起吃饭。对玛丽安来说，她既不用自己付学费，也不清楚这些东西要花多少钱，奖学金只是一种荣誉。她希望通过这笔大额奖金来证明自己比别人聪明。这样一来她可以装得很谦虚，没有人会相信。事实上，她笔试没有考得很糟。考得挺好的。

我的统计学教授非要我去考，杰米说，但我不可能圣诞节还他妈的去学习。

玛丽安又漠然一笑。杰米没去参加考试，因为他知道自己没戏。房间里每个人都知道这一点。他在吹牛，但又缺乏自知之明，不知道他的话一听就是吹牛，没人会相信。她一眼就能把他看透，这让她很安心。

他们刚开始交往时，她没怎么多想，就跟他说她是个“服从者”①。她听见自己这么说时都很惊讶：或许她就是为了让他震惊。什么意思？他问。她觉得自己很老练，回答道：你知道的，我喜欢男人伤害我。自那以后，他开始绑她，用各种东西打她。一想到自己是多么不尊重他，她就感到恶心，开始自我厌恶，这些情感让她生出一种强烈的愿望，渴望受人支配，希望自己在某种程度上是破碎的。他们每次做爱时，她的大脑就变得空空如也，像一个关了灯的房间，她颤抖着抵达高潮，却感受不到任何愉悦。就这样周而复始。每当她想和他分手（她经常有这个念头），她发现自己想得最多的不是杰米的反应，而是佩吉的。

佩吉喜欢杰米，也就是说，她认为他有点法西斯倾向，但无

① 常见于虐恋关系，与“支配者”相对应。

法对玛丽安施加任何本质性的控制。有时玛丽安抱怨起他，佩吉会说：好吧，他是头沙文主义的猪，你以为呢？佩吉认为男人都是恶心的动物，无法控制自己的冲动，而女人应当避免向他们寻求情感上的支持。玛丽安很久以后才意识到，在她抱怨杰米时，佩吉在拿她对男人的普遍评判作为幌子来维护杰米。你以为呢？佩吉会说。或者问：你觉得那样就很糟了？按男人的标准来看他简直是个王子。玛丽安不知道佩吉为什么要这样做。每当玛丽安提出要和杰米分手，哪怕只是试探性地提一句，佩吉的脾气就上来了。她们甚至为此吵过架，最后佩吉莫名其妙地声称，她不在乎他们分不分手，而玛丽安又累又困惑，只好说他们大概不会分手。

玛丽安坐下后手机响了，是个不认识的号码。她起身接电话，向其他人打手势，让他们继续聊天，自己一面走回厨房。

喂？她说。

嗨，是我，康奈尔。说起来有点不好意思，我刚刚东西被偷了。钱包还有手机什么的。

天哪，太惨了。发生什么了？

我想问你——情况是这样的，我现在有点远，在邓莱里①，没钱打车。我想问能不能跟你碰个头，借点现金什么的。

她的朋友都在看她，她挥挥手，让她们继续聊天。杰米坐在扶手椅上，一直看着她打电话。

---

① 邓莱里是都柏林市中心东南方向的沿海地区，距圣三一附近约19分钟车程。

当然了，没问题，她说，我现在在家，你要不打车过来？我可以出来给司机付钱，怎么样？你到了可以按铃。

行，谢谢。谢谢你，玛丽安。我在借别人的手机打电话，我得还给人家了。待会儿见。

他挂断了电话。她的朋友们充满期待地看着她，她一手握着电话，转身面向他们。她解释了事情的经过，他们都对康奈尔表示同情。他偶尔还会来她的派对，但只会喝上一杯，然后就去别的地方了。九月时，他告诉玛丽安上次葆拉·尼里对他做的事，玛丽安听了有种不真实的感觉，被某种从未有过的暴力冲动所控制。我知道我有点小题大做了，康奈尔说，她又没做什么特别糟糕的事。但我感觉糟透了。玛丽安听见自己厚冰似的声音说，我想割她的喉。康奈尔抬起头，笑了，被吓到了。老天，玛丽安，他说。但他在笑。我会的，她坚持说。他摇摇头，说，你应该控制一下这种暴力冲动。你可不能随便割人家的喉，他们会把你抓去坐牢的。玛丽安任他一笑了之，却静静地说：她要是敢再碰你一下，我会这么做的，我不在乎。

她包里只剩一点零钱了，但她床头柜的抽屉里还有三百欧元现金。她走进卧室，没开灯，透过墙能听见朋友们的低语。现金还在，六张五十。她拿出三张，静静地把它们叠好，放进包里。然后她在床边坐下，不想马上走出去。

圣诞节时，家里的气氛非常紧张。每当家里来客人时，艾伦都会很焦虑紧张。一天晚上，他们的叔叔婶婶离开后，玛丽安端着空茶杯进了厨房，艾伦跟着她走了进来。

瞧你那个样子，他说，炫耀你的考试成绩。

玛丽安把热水水龙头打开，用手指测试温度。艾伦站在走廊里，双手交叉。

不是我提起来的，玛丽安说，是他们提的。

要是你的人生只有这个值得吹牛，我简直替你难过，艾伦说。

水龙头的水变热了点，玛丽安把过滤塞放进水槽，朝海绵上挤了点洗碗液。

你在听我讲话吗？艾伦说。

是的，你替我难过，我在听。

你真他妈的可悲，你知道吗？

收到，她说。

她把一个杯子放在沥水板上让它晾干，把另一只在热水里涮了涮。

你以为你比我聪明？他说。

她拿打湿的海绵绕着茶杯内侧洗了一圈。你问得好奇怪，她说，我不知道，我从没想过这个问题。

你没我聪明，他说。

好吧，我服。

好吧，我服，他用一种令人恶心的、小女孩似的声音重复了一遍她的回答，说：难怪你没朋友，你连好好说话都不会。

好吧。

你该去听听镇上的人是怎么说你的。

这个想法在她听来实在太荒谬了，她忍不住笑了出来。暴怒之下，艾伦抓住她的上臂，把她从水槽边拽了过来，然后不假思索地啐了她一口。他松开了她的手臂。一滴明显的唾沫落在她的短裙上。哇，好恶心，她说。艾伦转身离开房间，玛丽安继续洗碟子。当她把第四只茶杯放到沥水板上时，她注意到右手在颤抖，幅度很轻微，但肉眼可见。

圣诞节那天，她母亲递给她一只装了五百欧元的信封。没有卡，现金装在她给洛兰发工资用的棕色纸信封里。玛丽安向她道谢，丹尼丝轻描淡写地说：我有点担心你。玛丽安用手指抚摸着信封，试图摆出一个合适的表情。担心我什么？她问。

这个嘛，你接下来打算怎么过？丹尼丝说。

我不知道。我觉得我还有很多选项。我现在就专心上大学。

然后呢？

玛丽安用大拇指按住信封，直到纸上隐隐出现一块深色污渍。我说过了，我不知道，她重复道。

我担心现实世界会让你大吃一惊，丹尼丝说。

为什么？

我不知道你有没有意识到，大学环境对学生非常呵护。跟职场不一样。

好吧，我想职场不会有人因为观点不同就喷我口水，玛丽安说，我知道这种行为是不会被允许的。

丹尼丝微笑了一下，双唇紧闭。如果你连兄妹间的小打小闹都应付不了，我不知道你能不能过好成年人的生活，亲爱的，她说。

咱们走着瞧吧。

听了这话，丹尼丝用手掌击了一下厨房餐桌。玛丽安瑟缩了一下，但没抬头，也没松开信封。

你以为你很特别，是不是？丹尼丝问。

玛丽安闭上双眼。不，她说，我不这么认为。

康奈尔按门铃时已接近凌晨一点了。玛丽安拿着钱包下楼，发现那辆出租车在楼外空转引擎。对面广场上，一团雾裹在树间。冬夜太美了，她想跟康奈尔说。他站在车外，隔着车窗和司机说话，背对着她。听到门响后，他转过身来，她看见他的嘴受了伤，沾着血，深色的血迹像干掉的墨水。她向后退了一步，抓住锁骨，康奈尔说：我知道，我在镜子里看见了。但其实我没怎么样，洗干净就好了。慌乱之下，她给司机付钱，差点把零钱掉进水沟里。进屋后她站在楼梯上，发现康奈尔上唇的右侧已经肿成一个发亮的硬块。他的牙齿是血色的。哦天哪，她问，发生什么了？他温和地牵过她的手，用拇指抚摸着她的指关节。

有人过来找我要钱包，他说，我不给他，然后他莫名其妙地朝我脸上打了一拳。我知道的，我不该拒绝，我该把钱给他的。很抱歉打扰你，我一时之间只记得你的号码。

康奈尔，太可怕了。我家里还有朋友，你怎么样方便？你是想洗个澡然后在这儿过夜，还是拿些钱回家？

他们来到她的公寓门外，两人停了下来。

你怎么方便就怎么来，他说，顺带一提，我喝醉了。抱歉。

是吗，有多醉?

好吧，我自从考完试就没回过家。我不知道，我的瞳孔还在吗?

她凝视着他的眼睛，他的瞳孔大得像圆圆的黑色子弹。

在的，她说，大得要命。

他又抚过她的手，然后更小声地说：好吧。反正我本来看见你，瞳孔就会放大。

她笑了，摇摇头。

你要是在跟我调情，就说明你真的醉了，她说，杰米在的，你知道吗?

康奈尔用鼻子吸了口气，然后朝肩后看了一眼。

我要么回去在脸上再挨一拳算了，他说，也没那么糟。

她笑了，但他松开了她的手。她打开房门。

客厅里所有人都倒吸口气，让他再讲一遍他的遭遇，他复述了一次，但讲得不像他们期待的那样跌宕起伏。玛丽安给他倒了杯水，他漱了漱口，吐在厨房水槽里，水是粉色的，像珊瑚的颜色。

他妈的社会渣滓，杰米说。

谁?我吗?康奈尔说，这话不太友好啊。不是人人都能上私立的，你知道吗?

乔安娜笑了。康奈尔平时说话没这么冲，玛丽安怀疑脸上挨了一拳是不是让他怀有敌意，或者他比她想的还要醉。

我是说抢你的那个人，杰米说，他说不定是抢钱去买毒品，顺带一提，他们大多数人都这么干。

康奈尔用手指抚摸着牙齿，仿佛要确定它们还在他嘴里。然后他在洗碗布上擦了手。

好吧，他说，瘾君子过得也不容易。

的确不容易，乔安娜说。

他们总可以努把力吧，好比说，戒毒？杰米说。

康奈尔笑了，说：没错。我敢肯定他们从没想过这点。

大家安静下来，康奈尔露出一个羞涩的微笑。用水涮过后，他的牙齿看上去没那么可怕了。不好意思啊，诸位，他说，我不打扰你们了。大家都说他没有打扰他们，只有杰米一言不发。玛丽安感到一种母性的冲动，想给康奈尔冲澡。乔安娜问他痛不痛，他又拿指尖揉了揉前门牙，说：没那么糟。他穿着一件黑外套，底下一件白T恤沾了血，T恤下面戴着一条朴素的银项链，闪着微光，玛丽安认出它是他自中学起就戴着的那条。佩吉有一次说它是“阿尔戈斯时尚”①，玛丽安听了简直起鸡皮疙瘩，但她不知道自己是为佩吉还是康奈尔感到尴尬。

你大概需要多少现金？她对康奈尔说。这个问题有点敏感，于是她的朋友们彼此交谈起来，她觉得他几乎完全属于她了。他耸耸肩。你没有银行卡，可能没法取钱了，她说。他紧紧闭上双眼，然后摸了摸前额。

---

① 阿尔戈斯是英国一家百货目录零售商，出售的首饰一般很廉价。

操，我太醉了，他说，抱歉。我觉得我出现幻觉了。你刚才问我什么？

钱。我该给你多少钱？

哦，我不知道，十欧？

我给你一百欧吧，她说。

什么？不用。

他们就这样争了一会儿，最后杰米走上前来，碰了碰玛丽安的手臂。她一下子意识到他很丑，想从他身边走开。他的发际线在后退，他的脸缺乏力量，没有下巴。康奈尔站在他身旁，哪怕浑身带血，仍然散发出健康与魅力。

我估计马上就要走了，杰米说。

好，明天见，玛丽安说。

杰米震惊地看着她，她想问他“干吗”，但咽下了这个冲动。她微微一笑。她不是长得最好看的人，远远谈不上。在有些照片里，她看起来不仅非常普通，甚至丑得很艳俗，像有害的野兽一般，对着相机露出她参差不齐的牙齿。她愧疚地捏了捏杰米的手腕，像在完成一件几乎不可能完成的事：对杰米表示，康奈尔受伤了，很遗憾，她不得不照顾他；对康奈尔表示，她根本不想碰杰米。

好吧，杰米说，那就晚安吧。

他亲了亲她的侧脸，然后去拿他的外套。大家感谢了玛丽安的款待。他们把杯子放在沥水板上或水槽里。然后前门关上了，只剩下她和康奈尔。她感觉肩部肌肉松弛下来，仿佛他们的独处有催眠的功效。她把水壶灌满，从柜子上拿下杯子，然后把更多的脏杯子放进水槽里，把烟灰碟清空。

他还是你男朋友吧？康奈尔问。

她笑了，他也跟着笑了。她从盒子里拿出两袋茶包，把它们塞进茶杯里，等水烧开。她喜欢跟他这样独处。这让她的生活突然间显得易于掌控。

对，他还是，她说。

为什么会这样？

为什么他还是我男朋友？

对啊，康奈尔说，究竟是怎么回事？我的意思是，你为什么还在跟他交往。

玛丽安哼了一声。我猜你想喝点茶？她问。他点点头。他把右手放进兜里。她从冰箱里取出一盒牛奶，手指感觉到它潮湿的外壳。康奈尔靠着厨房料理台站着，嘴还是肿的，但血迹差不多都洗掉了，他的脸看上去帅得要命。

你完全可以换个男朋友，你知道吗，他说，我是说，经常有男人爱上你，据我所知。

别说了。

你是那种大家要么爱，要么恨的人。

水壶的开关弹了起来，她把它从底座上提起来，给其中一个杯子添上水，然后给另外一个也斟上。

好吧，你不恨我？她说。

一开始他什么也没说。然后他说：对，某种程度上，我对你已经免疫了，因为我上中学时就认识你。

那会儿我又丑又衰，玛丽安说。

不，你从来都不丑。

她把水壶放下来。她感到自己对他拥有某种力量，一种危险的力量。

你还觉得我很美吗？她问。

他看向她，大概知道她在做什么，他看向他的双手，似乎在提醒自己站在屋里有多高。

你心情很好啊，他说，派对肯定很成功吧。

她没有答话。去你妈的，她想，不过并非发自真心。她用勺子把茶包扔到水槽里，倒入牛奶，然后把牛奶放回冰箱，动作行云流水，仿佛一个人在不耐烦地照顾自己喝醉的朋友。

我宁愿你跟其他任何人交往，康奈尔说，我宁愿抢我的那个人是你男朋友。

关你什么事？

他一言不发。她想起杰米走之前自己对他的表现，用手揉搓着脸。杰米曾经管康奈尔叫“那个喝牛奶的乡巴佬”。的确，她见过康奈尔直接就着盒子喝牛奶。他玩有外星人的游戏。他对足球队主教练们有各种看法。他健康得像一颗壮硕的乳牙。可能他这辈子都没想过以性为目的对别人施加伤害。他是个好人，一个好朋友。她干吗老是咬着他不放，强迫他做什么事？她在他身边就只能做从前那个无可救药的自己吗？

你爱他吗？康奈尔问。

她停下来，手放在冰箱门上。

你怎么对我的感情生活感兴趣了，康奈尔？她说，我不得不说，我以为我们从来不聊这些的。

好吧。算了。

他又开始揉自己的嘴，看上去心不在焉。然后他把手垂下来，看向厨房窗外。

对了，他说，我大概应该早点跟你说，我有女朋友了。我跟她交往有一阵了，我应该早点跟你提的。

这个消息太让玛丽安震惊了，几乎带给她切肤之感。她直愣愣地盯着他，无法掩饰自己的震惊。他们做回朋友期间，他从没交过女朋友。她甚至从没想过他或许想交女朋友。

什么？她问，你们在一起多久了？

六周了吧。她叫海伦·布罗菲。我不知道你认不认识她。她是学医的。

玛丽安转过身去背对着他，然后拿起她放在料理台上的杯子。她努力保持肩膀不动，害怕自己会哭出来，被他看见。

那你干吗想让我跟杰米分手？她说。

我没有，我没有。我只是想你开心，仅此而已。

因为你够朋友，是不是？

差不多吧，他说，我也不知道。

玛丽安手里的杯子太烫了，但她没有把它放下来，而是让那种疼痛从手指渗入她的血肉。

你爱她吗？她问。

对。我的确爱她。

玛丽安哭了起来，这是她整个成人生涯中遇到的最尴尬的事了。她背对着他，但感到肩膀在不由自主地抽搐，向上弹起。

我的老天，康奈尔说，玛丽安。

滚。

康奈尔去碰她的背，她从他身边弹开，仿佛他要伤害她。她把茶杯放在料理台上，用袖口粗暴地抹了抹脸。

你走吧，她说，让我一个人待着。

玛丽安，别这样。我很难受，好吗？我应该早点告诉你的，对不起。

我不想跟你说话。你走吧。

有一阵什么都没发生。她咬住脸颊内侧，直到疼痛让她平静下来，她停止了哭泣。她又擦了一把脸，这次用手擦的，然后转过身来。

求求你，她说，你走吧。

他叹了口气，注视着地板。他揉了揉眼睛。

好吧，他说，真的不好意思问你，但我真的挺需要钱回家的。抱歉。

她想了起来，感到非常内疚。她内疚得甚至对他笑了笑。哦，我的天，她说，我一激动都忘了你被袭击了。我给你两张五十，可以吗？他点点头，但他没有看她。她知道他很内疚，她希望自己能成熟地处事。她找到包，给了他钱，他把它放进兜里。他低着头，眨着眼睛，清了清嗓子，好像他马上也要哭了。对不起，他说。

没关系，她说，别担心。

他揉了揉鼻子，环视一眼房间，仿佛在和它诀别。

你知道吗，我其实不太明白，去年夏天我们之间发生了什么，他说，就是我不得不搬回家那会儿。我以为你或许会让我住你这里。我不太明白最后我们之间发生了什么。

她感到一种尖锐的疼痛袭上胸口，她拿手抓向喉咙，一无所获。

你跟我说，你希望我们能和别的人交往，她说，我不知道你想住在这里。我以为你在跟我分手。

他用摊平的手掌揉了一下嘴，然后呼出气来。

你没跟我说想住这儿，她补充道，我当然会欢迎你的。我一直都欢迎你来。

对，没错，他说，好吧，我走了。晚安？

他走了。门在他身后轻轻合上，声音不大。

第二天早上，在艺术楼里，杰米当众亲吻她，说她看起来很美。康奈尔昨晚怎么样？他问。她紧紧握住杰米的手，同谋似的翻了个白眼。哦，他简直神志不清，她说，我最后好不容易才把他摆脱掉了。

六个月后（2013 年 7 月）

他八点刚过就醒了。窗外很亮，车厢开始变暖，暖意厚重，带着人的呼气和汗味。读不出名字的小站一闪而过，消失在眼前。伊莱恩已经醒了，尼尔还在睡。康奈尔用指关节揉了揉左眼，坐了起来。伊莱恩正在读她带的一本小说，油光的封面，最上方写着“已改编为热门电影”。封面上那个女演员已经陪伴他们几周了。康奈尔几乎对她那张苍白的时代剧脸庞生出一种朋友般的亲近感。

你知道我们现在在哪儿吗？康奈尔问。

伊莱恩从书上抬起头来。我们两小时前经过了卢布尔雅那[①]，她说。

哦，是吗，他说，那我们也快到了。

康奈尔看向熟睡的尼尔，他的头在颈上轻轻地上下晃动。伊莱恩跟着他看过去。睡得还是那么死，她说。

一开始路上还有其他旅伴。伊莱恩的几个朋友跟着他们从柏林去了布拉格，接着他们见了尼尔在布拉迪斯拉发[②]学工程的同学，然后坐火车穿过国境前往维也纳。青年旅社很便宜，他们去过的城市带有一种令人愉悦的临时感。在那儿干了什么，康奈尔一件都不记得了。整段旅程就像一系列短片，只放了一次，看完

---

① 斯洛文尼亚首都。

② 斯洛伐克首都。

后康奈尔隐约知道它们讲的是什么，却不记得具体情节。他记得自己透过出租车车窗看到的景色。

在每个城市，他都会找到一家网吧，完成三项最简单的通讯仪式：跟海伦视频聊天，用他手机运营商的网站给他母亲发一条免费短信，然后给玛丽安写一封邮件。

海伦这年夏天在芝加哥以 J1 身份上学。电话背景里，他能听见她的女朋友们聊天，摆弄彼此的头发，有时海伦会转过身跟她们说：姑娘们，求求你们了！我在打电话！他喜欢在屏幕上看她的脸，尤其是通话质量好时，她的动作非常流畅逼真。她笑起来很好看，牙齿很漂亮。昨天他们通完电话后，他在前台付了钱，重新走回阳光下，给自己买了杯价格不菲的加冰可乐。海伦身边人太多或网吧太挤时，他们之间的对话会有点尴尬，但即便如此，跟她打完电话后，他还是会感觉好很多。他发现自己想早点和她聊完，挂上电话，以便能回味自己多么喜欢见到她，而不用非得即时想出对的表达、说对的事。光是看着海伦，看见她美丽的脸、她的微笑，知道她还爱着他，就能给他的一天带来快乐，他能连续几个小时感到一种令人眩晕的幸福。

海伦给康奈尔带来了一种全新的生活方式。仿佛一只重得难以想象的盖子从他的感情生活上方揭走了，他突然可以呼吸新鲜空气了。他能输入并发送“我爱你！”这样的消息了。这在从前是不可能的，完全不可能，结果实际上这很简单。当然要是别人看到这些信息他会很害臊，但他现在知道，这种尴尬是正常的，它发自一个人试图呵护生活中美好事物的冲动。他可以和海伦的父母共进晚餐，可以陪她去参加她朋友的派对，可以强迫自己保持微笑、忍受和别人千篇一律的对话。他可以在别人问起他未来时捏她的手。当她自然地碰他，轻轻摁他肩膀，或者甚至只是凑过来把他衣领上的线头拔掉，他的内心都会涌起骄傲，希望大家都在看他们。作为她的男友为人所知，他得以牢牢扎根于社交圈子里，成为一个能被接受的人，一个具备一定地位的人；聊天时陷入沉默是因为他在思考，而不是因为他不善社交。

他发给洛兰的短信有点公事公办。他会跟她汇报他们看到的历史地标或文化宝藏。比如昨天：

> 来自维也纳的问候。圣斯蒂芬大教堂有点过誉了，但老实说那个艺术史博物馆不错。希望家里一切都好。

她喜欢问候海伦的近况。海伦第一次见洛兰时，她们就很合得来。每次海伦来拜访时，洛兰总是对着康奈尔的小动作摇头，说：你是怎么忍受他的，甜心？不管怎么说，她们合得来就好。海伦是他第一个向母亲介绍的女朋友，他发现自己出于某种原因，急于向洛兰展示他这段关系是多么正常，海伦认为他是个多么好的人。他不知道自己为什么要这么做。

在分开的这几周里，他写给玛丽安的邮件越来越长。他开始趁空闲时间在手机上打草稿，比如在洗衣房等衣服洗好时，晚上在青年旅舍热得睡不着觉时。他反复阅读这些草稿，审视文章里的所有要素，移动从句的位置，让句子整体更和谐。他打字时，时间变得柔软，感觉过得更慢，在扩张，实际上却在飞一般地流逝，有好几次，他一抬头，发现已经过了好几个小时。他没法说出来，究竟是什么让他在给玛丽安写信时如此全神贯注，但他觉得这不是一件小事。写这些信感觉像在表达某种更宽广、更基本的原则，关乎他的个体身份，乃至比这更抽象的东西，关乎人生。最近，他在自己小小的灰色笔记本里写道：写一个通过电子邮件讲述的故事？然后他把这个想法划掉了，觉得它太炫技。他发现自己在划掉笔记本里写的东西时，似乎在想象未来有谁在仔细阅读它，而他想让这个未来的人知道哪些构思最后被他否决了。

他和玛丽安的邮件通信里附有很多新闻报道的链接。目前他们都着迷于爱德华·斯诺登的故事，玛丽安尤其着迷，因为她对国际监视的架构感兴趣，而康奈尔则对斯诺登扣人心弦的个人经历感兴趣。他读了网上所有的猜测，看了谢列梅捷沃国际机场模糊的监控录像。他和玛丽安只能通过电邮讨论，他们知道这种通讯手段也在监控之下，这有时让他们感觉两人的关系已经陷入一张复杂的国家权力网络，网络自身就是一种智能，它容纳着他们，容纳着他们对彼此的感受。玛丽安有一次写道，我感觉读这些邮件的国安局特工会对我们产生错误的印象。他们大概不知道你毕业舞会时没邀请我。

她在写给他的信里，讲了很多她、杰米和佩吉在的里雅斯特①城外一栋别墅里合住的事。她汇报发生的事、她的感受、她

① 的里雅斯特，意大利东北部城市，靠近斯洛文尼亚。

揣测他人的感受、她在读什么和想什么。他告诉她他们游览的城市，有时会写一大段来描述某一景点或场景。他写自己从舒恩雷恩街地铁站里上来，发现外面突然暗下来，阔叶们向他们挥舞，如同阴森的手指，他写酒吧的喧哗，披萨和尾气的味道。用文字把一段经历记下来，让他感觉获得了一种力量，仿佛他把这段经历封在了罐子里，它再也没法彻底离开他。有一次他跟玛丽安提起他在写小说，她现在不停地让他发给她看。如果它们跟你的邮件一样好，那肯定棒极了，她写道。这句话让他很高兴，不过他还是诚实地回答：它们没我的邮件好。

他、尼尔和伊莱恩已经安排好了：他们先坐车从维也纳去的里雅斯特，在玛丽安的度假别墅里度过此行的最后几晚，然后大家一起飞回都柏林。有人建议去威尼斯玩，一天来回。昨晚，他们带着背包上了火车，康奈尔给玛丽安发短信：明天下午大概就到了，那之前没时间好好回你邮件了。他现在快没有干净衣服了。他穿着灰T恤、黑牛仔裤和脏兮兮的白球鞋。他的背包里有各种脏衣服，一件干净的白T恤，一个用来装水的空塑料瓶，干净的内衣裤，卷好的手机充电器，护照，两板止痛片，一本皱巴巴的詹姆斯·索特的小说，还有他在柏林一家英文书店找到的弗兰克·奥哈拉诗选、一本软封皮的灰色笔记本。

伊莱恩推了推尼尔，他的头往前一耸，睁开了双眼。他问现在几点了，他们在哪儿，伊莱恩告诉了他。然后尼尔十指交叉，向前伸直手臂。他的关节发出轻响。康奈尔看向窗外一晃而过的风景，干巴巴的黄和绿，倾斜的橙色砖瓦屋顶，被阳光和防水板的影子切割得方方正正的窗玻璃。

四月时大学宣布了奖学金结果。教务长站在考试礼堂的台阶上，宣读得奖名单。那天，天空特别蓝，蓝得歇斯底里，像调味冰棒。康奈尔穿着外套，和海伦挽着手臂。念到英文系时，宣读了四个名字，按姓名字母顺序排列，最后一个是康奈尔·沃尔德伦。海伦张开双臂抱住他。教务长就念了下名字，然后往下读。康奈尔站在广场上，听历史政治系的获奖名单，听到玛丽安的名字时，他转身去看她。他能听到她那一群朋友发出欢呼，响起掌声。他把双手放进兜里。听到玛丽安的名字后，他意识到这是真的，他真的得了奖学金，他们都得了。他不记得之后发生了什么。他记得结果宣布完后，他跟洛兰打电话，电话那头她惊讶得沉默下来，然后喃喃地说：哦，我的上帝，耶稣啊。

尼尔和伊莱恩来到他身边，一面欢呼，一面拍他的背，说他是个“不折不扣的臭书呆子”。康奈尔莫名其妙地傻笑着，因为如此强烈的兴奋需要某种宣泄，而他又不想哭。那天晚上，所有新评选出的奖学金得主要穿上正装，在学校餐厅共进晚餐。康奈尔向班上同学借了一套燕尾服，不是很合身，晚餐时他努力和邻座的英文系教授聊天，感觉很尴尬。他想和海伦还有他的朋友们在一起，而不是和这些他见都没见过、对他一无所知的人。

得了奖学金后，一切皆有可能了。他的住宿费有了，学费免掉了，每天有一顿免费校餐。这就是为什么他可以花半个夏天环游欧洲，像有钱人一样，无忧无虑地撒钱。给玛丽安写邮件时，他解释过，或者说尝试解释过这一点。对她而言，奖学金提升了她的自我价值，她如愿证实了自己一直以来的信念：她是与众不同的。康奈尔从来都不知道，该不该相信自己是与众不同的，他至今仍然不知道。对他而言，奖学金是一个庞大的重要事实[①]，像一艘巨大的游轮，凭空开入他的视野，转眼间，他只要愿意，就可以读研究生，可以免费住在都柏林，并且大学毕业前都不用再担心房租。转眼间，他可以在维也纳花一个下午看维米尔的名画《绘画的艺术》，外面很热，只要他想，他就可以在看完后给自己买一杯便宜的冰啤酒。他此前一直以为是画布背景的东西，仿佛一下子在他面前成真了：外国城市是真的，艺术名作、地铁系统、柏林墙的残骸也是真的。这就是钱，让世界成真的东西。这一点真是既堕落又让人着迷。

下午三点，他们在炙热的高温里抵达玛丽安的别墅。大门外的灌木丛里，昆虫嗡嗡鸣叫着，一只姜黄色的猫躺在街对面一辆车的引擎盖上。透过大门，康奈尔能看见那栋房子，和玛丽安发给他的照片上看起来一模一样，一栋石头表面的房子，带白色百叶窗的窗户。他看见花园小桌上放了两个杯子。伊莱恩按了门铃，过了几秒，有人从房子侧边冒了出来。是佩吉。最近康奈尔越发确定佩吉不喜欢他，他发现自己开始观察她的举动，以搜集证据。他也不喜欢她，从没喜欢过，但这点在他看来不重要。她朝大门

① 这里的“重要事实”（material fact）是一个法律术语，指对一个理性个体做出某项决策发挥巨大作用的事实。

跑来，凉鞋拍打在石子路上。热浪打在康奈尔颈背上，像经受着人们注视的目光。她打开大门，让他们进来，咧嘴笑着说，你好，你好。她穿着一条牛仔短裙，戴了一副黑色的大墨镜。他们沿着石子路朝房子走去，尼尔背着伊莱恩和他自己的背包。佩吉从裙子口袋里摸出一串钥匙，打开前门。

进玄关后，穿过石拱门就是一小段下沉楼梯。厨房很长，铺着陶土地砖，摆着白色壁橱，开向花园的门边摆了张桌子，上面洒满了阳光。玛丽安在外面，后花园的樱桃树间，抱着一只装衣服的篮子。她穿着一条绑脖吊带白裙，看起来晒黑了。她正把衣服晾到晒衣绳上。外面的空气凝滞无风，衣服挂在空中，湿湿的，纹丝不动。玛丽安把手放到门把手上，然后看见了他们站在屋里。一切似乎发生得很慢，尽管其实只过去了几秒。她把门打开，把篮子放在桌上，康奈尔感到喉咙里有一种令人愉悦的痛苦。她的裙子看上去完美无瑕，他意识到自己看起来肯定一副没洗过的样子，昨天早上离开青年旅舍后他就没洗过澡，而且他的衣服确实不很干净。

你好，伊莱恩说。

玛丽安微微一笑，说了声“你好”，仿佛在自嘲似的，然后她亲了亲伊莱恩的双颊、尼尔的双颊，询问他们旅途如何。康奈尔站在一边，被自己的情感所吞没，它或许只是一种彻底的疲倦，过去数周内渐渐积累起来的。他能闻到洗干净的衣服的味道。近看时，他发现玛丽安的手臂晒出了淡淡的晒斑，肩膀晒成了明亮的玫瑰色。她终于向他转过来，他们在彼此的脸颊上各亲了一次。

她注视着他的双眼，说：啊，你好。他从她的表情察觉到她渴望接收他的信息，仿佛她在收集各种关于他的感受的情报，这是他们长久以来逐渐学会互相做的事，如同说一门只有他们懂的语言。他能感觉到他的脸颊在她的注视下越来越烫，但他不想移开视线。他也可以从她脸上获取情报。他发现她有事要告诉他。

你好，他说。

玛丽安已经接受了瑞典一所大学的录取，大三那年去那里做交换生。她九月走，要是他们的圣诞计划凑不到一起，康奈尔就只有明年六月才能再见到她了。别人老跟他说，他会想她的，但直到此刻之前，他都在期待等她走后，和她写又长又激烈的电邮。此刻，他注视着她冷静洞察的双眸，心想：没错，我会想念她的。他为此感到矛盾，仿佛自己不忠，因为说不定他只是喜欢她的外貌，或喜欢她在自己身边。他不知道朋友能享受对方的哪些地方。

最近，他们就他们之间的友谊写了一系列电子通信，玛丽安认为她对康奈尔的情感主要表现在她对他的观点和信念抱有持续的兴趣，对他的人生怀有好奇，并且每当她为什么东西感到疑惑时，她的第一个念头就是询问他的看法。康奈尔则把他对她的友谊表述为一种认同，他支持她，为她的痛苦而痛苦，而且能察觉并理解她的行为动机。玛丽安认为这和他们的性别角色有关。我认为我只是喜欢你这个人而已，他为自己辩解道。谢谢你这么说，她回复道。

杰米从他们身后的楼梯上走下来，他们转过身和他打招呼。康奈尔向他稍微点了点头，只把下巴稍微向上一扬。杰米朝他嘲讽地一笑，说：你看起来有点邋遢啊，兄弟。自从杰米成为玛丽安的男友后，他就一直是康奈尔厌恶和嘲弄的对象。自从康奈尔第一次看到玛丽安和杰米在一起后，接连数月，他都无法自已地幻想踢杰米的头，直到他的头盖骨软得像打湿的报纸。有一次，在派对上和杰米短暂交谈后，康奈尔离开大楼，冲着一面砖墙狠狠地打了一拳，把手都打出了血。某种程度上，杰米这个人既乏味又充满敌意，老是在别人说话时打哈欠、翻白眼。然而他却是康奈尔认识的人里最自信的人。什么都不会让他惊慌。他似乎从来不会经历内心挣扎。康奈尔可以想象杰米徒手卡住玛丽安的脖子，非常放松，据玛丽安说，他的确如此。

玛丽安烧上一壶咖啡，佩吉把面包切成片，将橄榄和帕尔玛火腿装盘。伊莱恩正在跟他们讲尼尔干过的蠢事，玛丽安慷慨地笑着，倒不是因为这些故事有多好笑，而是为了让伊莱恩感到宾至如归。佩吉沿着餐桌递盘子，玛丽安用手碰了碰康奈尔的肩膀，递给他一杯咖啡。因为她穿着白裙子，也因为小陶瓷杯是白色的，他想说：你看起来像个天使。海伦倒不会介意他这么说，可他没法当着这么多人的面，说出这种突发奇想的深情的话。他喝着咖啡，吃了些面包。咖啡很烫很苦，面包很软很鲜。他开始感到疲惫。

吃完午饭后，他上楼去洗澡。一共有四间卧室，于是他一人独占了一间，卧室里有一扇大框格窗，面朝花园。他洗完澡，穿上仅剩的能见人的衣服：一件普通的白 T 恤，一条中学时买的蓝色牛仔裤。他的头发是湿的。他感觉头脑清醒，多亏了咖啡和洗澡时的强力水压，还有贴肤的清凉棉料。他把湿毛巾搭在肩上，打开窗户。樱桃挂在深绿的树上，像耳环。他揣摩了一两次这个比喻。他会把它放进写给玛丽安的邮件里，但她就在楼下，他没法给她写邮件。海伦也戴耳环，通常是一对小小的金圆圈。他听见大家都在楼下了，所以只幻想了一小会儿她的样子。他想起她仰躺时的模样。他本该在洗澡时想的，但他当时太累了。他需要这里的 WiFi 密码。

和康奈尔一样，海伦在中学时代很受欢迎。她至今仍会努力和她的老朋友以及他们的家人保持联系，记住他们的生日，在 Facebook 上发怀旧的照片。她总会回复别人发送的派对邀请并准时到场，总会一遍又一遍地拍集体照片，直到每个人都满意。换句话说，她是个好人，而康奈尔逐渐意识到自己其实喜欢好人，他甚至想当一个好人。她之前谈过一段认真的恋爱，男友叫罗里，她上大一时和他分手了。他在都柏林大学读书，所以康奈尔从没撞见过他，但他看过罗里 Facebook 上的照片。他的体格和肤色不能说和康奈尔不像，但看起来好像有点笨，有点土。康奈尔有次向海伦承认，他在网上搜过她前男友，她问他对那人是什么印象。

不好说，康奈尔说，他好像有点土，是不是？

她觉得这个好笑极了。他们当时躺在床上，康奈尔一手搂着她。

这就是你喜欢的类型吗，你喜欢有点土的男生？他问。

你说呢。

为什么？我很土吗？

对啊，她说，我是说褒义的那种“土”。我不喜欢酷的人。

他微微坐起来，低头看她。

我真的土吗？他问，我没有生气，但老实说，我以为我还有点酷。

但你太乡里乡气了。

是吗？在哪个方面？

你的斯莱戈口音超级重，她说。

没有吧。我简直不敢相信。从来没人告诉过我。我的口音真的很重吗？

她还在笑。他用手抚摸着她的肚皮，冲着自己笑，因为他把她逗笑了。

我经常听不懂你说话，她说，谢天谢地，你是那种内心强大、沉默是金的类型①。

他忍不住笑起来。海伦，你太残忍了，他说。

她将一只手枕在脑后。你真的觉得自己很酷吗？她问。

起码现在不觉得了。

她对着自己微笑。很好，她说，幸好你不酷。

二月时，海伦和玛丽安在道森街上第一次碰面。当时他正和海伦手挽手散步，看见玛丽安从霍奇斯·菲吉斯旧书店走出来，戴着一顶黑色贝雷帽。哦，你好，他说，声音里带着挣扎。他想

① 西方世界对男性的一种刻板印象，对应“饶舌的女性形象”，本义为褒义，后常带上戏谑色彩。

过放开海伦的手，但没法这么做。嗨，玛丽安说，你肯定是海伦了。这两个女人于是进行了一场非常得体又友好的对话，而康奈尔站在一旁，惊慌失措，盯着周围的各种东西看来看去。

后来，海伦问他：你和玛丽安，你们一直都只是朋友，还是……？他们那会儿已经回到他的房间。公寓位于通往皮尔斯街的一条小路上，巴士经过窗外，在卧室门上投下一道黄色光柱。

嗯，差不多算是吧，他说，我们从没正式在一起过。

但你们上过床。

嗯，差不多吧。老实说，我们上过。这对你来说很重要吗？

不重要，我就是好奇，海伦说，是炮友的那种关系吗？

差不多吧。中学最后那年，去年有一阵。不是很认真的那种。

海伦对着他微笑。他用牙齿去刮下唇，直到被她看见才停了下来。

她看起来像艺校生，海伦说，我猜你觉得她很时髦。

他轻笑了一下，看向地板。不是那样的，他说，我们很小就认识了。

就算她是你前女友，也没什么好别扭的，海伦说。

她不是我前女友。我们只是朋友。

但在你们成为朋友之前，你们是……

她没当过我女朋友，他说。

好吧，但是你和她上过床。

他把整张脸都埋进手里。海伦笑了。

自那以后，海伦打定主意要和玛丽安交朋友，仿佛为了证明什么。每当他们在聚会上见到玛丽安时，海伦都会格外赞美她的发型和着装，而玛丽安会含糊地点点头，然后继续就抹大拉洗衣店报告①或者丹尼斯·奥布赖恩案②发表深刻的观点。客观地说，康奈尔的确觉得玛丽安的观点很有意思，但他看得出来，并不是人人都喜欢听她说得那么详细，以至于没法聊其他轻松的话题。一天傍晚，玛丽安就以色列发表长篇大论后，海伦变得心情烦躁，在回家的路上，她对康奈尔说，她觉得玛丽安很“以自我为中心”。

因为她太喜欢聊政治了吗？康奈尔说，我觉得这还算不上以自我为中心吧。

海伦耸耸肩，但透过鼻子倒吸口气，表示她不喜欢他这样解读她的观点。

她上中学那会儿就这样，他补充道，但她不是在装，她是真的对那些东西感兴趣。

她真的对以色列和谈感兴趣？

康奈尔有点惊讶，他简短地回答：没错。在沉默中走了几秒后，他补充道：说实话，我也感兴趣。这还挺重要的。海伦叹了

---

① 据《纽约时报》报道，“抹大拉洗衣店共有10家，由四个宗教团体运营。爱尔兰曾是一个极端保守的罗马天主教国家，这些机构过去在某些情况下是用来关押那些被认为有些离经叛道的女性。这些女性往往由家人送去，自此便从社会上消失”。被关押女性在没有报酬、没有养老保障的条件下，每周在洗衣店工作六天，有的因长期接触有毒化学物质而患病离世。

② 丹尼斯·奥布赖恩是爱尔兰商业大亨，拥有通信公司及多家媒体公司。他曾以诽谤罪起诉《周日商业邮报》于2015年对其银行贷款的报道，2019年，法院陪审团判定报刊无罪。

口气。他很惊讶她居然会这样孩子气地叹气，好奇她喝了多少酒。她把双臂交叉在胸前。我不是想说教，他继续说道，当然了，我们在派对上聊中东的事也无济于事。我觉得玛丽安只是经常想这些事情。

你不觉得她或许是为了获得关注？海伦问。

他皱了皱眉，作出在沉思的样子。玛丽安对别人怎么看她一点兴趣都没有，她对自我的认知非常稳固，很难想象她渴望获得这样或那样的关注。就康奈尔所知，她其实并不完全喜欢自己，但对她而言，来自他人的赞美和中学时他人对她的否定一样无关紧要。

讲真？他说，不像。

她好像很享受你的关注。

康奈尔吞了下口水。直到此刻，他才意识到海伦为什么这么恼怒，而且对此毫不掩饰。他觉得玛丽安没有对他特别关注，不过他说话时，她的确总是会听，换作别人她有时不会这么礼貌。他转过头，看一辆车开过。

我没注意，他最后说。

海伦抛开这个话题，对玛丽安的举止作更笼统的批评，这让他松了口气。

我们每次在聚会上看到她，她都在和起码十个男人调情，海伦说，这不就是渴望获得男性认可嘛。

康奈尔很高兴自己没被牵连到这项指责里，于是微笑着说：好吧。她上中学时完全不是这个样子的。

你是说她没有现在这么骚？海伦问。

康奈尔突然觉得自己被逼入死角，他很后悔自己放下了防备，于是沉默下来。他知道海伦是个好人，但他有时忘了她的价值观是多么传统。片刻后，他别扭地说：好了，她总是我朋友，别这样说她。海伦没有回答，却把胸前交叉的双臂提得更高了。无论如何他都说错话了。事后他会想自己究竟是在为玛丽安辩护，还是为自己辩护，海伦的话暗含着对他的性欲的批判，仿佛他在某种程度上也是有污点的，仿佛他怀有不该有的欲望。

海伦和玛丽安都不是很喜欢对方，这已是心照不宣的事了。她们是不一样的人。康奈尔认为，他和海伦最合拍的部分是他最好的部分：忠诚，总体上实用的人生观，希望被视作好人的愿望。和海伦在一起时，他不会产生让他羞耻的念头，不会在做爱时说奇怪的话，不会一直感觉自己居无定所，在哪里都无法获得归属感。玛丽安有一种野性，能让他暂时觉得自己和她一样，他们在精神上都遭遇过难以名状的创伤，永远无法融入世界。但他从来没有像她那样被人损害过。她只是让他有这种感觉。

一天傍晚，他在校园里等海伦，就在毕业生纪念楼外。海伦正从学校另一头的健身房赶过来，然后他们要一起坐公交去她家。他站在台阶上看手机，突然身后的门开了，一群人穿着晚礼服和西装走出来，边笑边说话。门廊上的灯从他们身后打来，只看得见他们的侧影，他花了一秒才认出玛丽安。她穿着一条深色裙子，头发高高地盘在头顶，脖子看起来很苗条，裸露在外面。她亲昵地迎上他的眼睛。你好，她说。他不认识跟她在一起的人；他猜他们是辩论社之类社团的。你好，他说。他对她的感情怎么可能和他对别人的一样？但这种感情，部分来自他知道自己曾完完全全地支配她，至今仍然拥有这种力量，将来也不会失去它。

海伦来了。她叫他后，他才注意到她。她穿着健身裤和运动鞋，单肩背着健身房的包，前额在街灯下泛着一层潮湿的微光。他对她涌起一股庞大的爱意，爱和悲悯，近乎同情。他知道自己应该和她在一起。他们之间的关系很正常，很健康。他们在一起的生活是正确的生活。他替她拿过肩上的包，举起一只手向玛丽安告别。她没有对他挥手，只是点了点头。好好玩！海伦说。然后他们去赶公交了。后来他为玛丽安感到难过，因为她生命里从没有过真正健全的东西，而他当时不得不转身离开她。他知道这会让她痛苦。某种程度上，他甚至为自己难过。在公交车上，他继续想象她站在门口，身后有光的样子：她看起来那么精致，那么光芒四射、令人惊叹，还有她看到他时脸上流露出的难以察觉的神情。但他没法成为她想要的人。过了一会儿，他意识到海伦在说话，于是停止想她，开始倾听。

晚饭佩吉做了意面，他们在花园的圆桌边吃饭。天空是一种令人兴奋的氯蓝色，像被绷紧后平滑无皱的丝绸。玛丽安从屋里拿出一瓶冰气泡酒，凝结的水珠像汗一样沿着玻璃瓶流下来，她请尼尔开瓶。康奈尔觉得这个决定非常公正合理。玛丽安在这种场合下非常八面玲珑，像外交官夫人。康奈尔坐在她和佩吉之间。软木塞跃过花园的墙，落在看不见的地方。一股白色气泡从瓶口涌出来，尼尔把酒倒进伊莱恩的杯子。玻璃杯又宽又浅，像小碟子。杰米把空杯子倒立过来，问：我们就没有正儿八经的香槟酒杯了吗？

这些就是香槟酒杯，佩吉说。

不，我说的是高酒杯，杰米说。

你想要的是笛形杯，佩吉说，这些是碟形杯。

海伦听了这段对话肯定会笑的，一想到她会笑得有多厉害，康奈尔微笑起来。玛丽安说：这不是什么生死攸关的事吧？佩吉给自己斟上酒，把酒瓶递给了康奈尔。

我是说，这些不是用来喝香槟的，杰米说。

你太庸俗了，佩吉说。

我庸俗？他说，我们在用肉汁盘喝香槟。

尼尔和伊莱恩笑起来，杰米以为他们在笑他说的聪明话，也微笑起来。玛丽安用指尖轻轻摸了摸眼皮，仿佛在移除一粒灰或一颗沙。康奈尔把酒瓶递给她，她接过来。

这是老式的香槟酒杯，玛丽安说，这是我爸的。你要是想用笛形杯，你可以进屋去拿，在水槽上面的柜子里。

杰米睁大双眼，眼中充满嘲讽地说：我都不知道你会为这个动感情。玛丽安把酒瓶放回餐桌中央，什么也没说。康奈尔从没听过玛丽安在闲聊时提起她父亲。在座的人都没意识到这一点；伊莱恩甚至可能不知道她的父亲已经去世了。康奈尔想和玛丽安对视，但她没有看他。

意面很好吃，伊莱恩说。

哦，佩吉说，非常弹牙，是不是？可能有点生了。

我觉得很好吃，玛丽安说。

康奈尔喝了一口酒，它先在他嘴里变成冰凉的泡沫，然后像空气一样消失了。杰米开始讲他朋友的一件轶事，那人正在高盛进行暑期实习。康奈尔的酒喝完了，玛丽安不着痕迹地给他的杯子续了酒。谢谢，他轻轻地说。她的手停了一秒，仿佛想来碰他，但最终没有碰。她什么也没说。

那天早上，奖学金结果公布后，他和玛丽安一同参加了宣誓典礼。她前一天晚上出去玩了，看上去有点宿醉，这让他有点高兴，因为典礼太正式了，他们要穿长袍，背诵拉丁文。结束后，他们一起去学校附近一家咖啡店吃早饭。他们坐在店外街边一张桌边，路过的行人提着纸购物袋，高声打着电话。玛丽安喝了一杯黑咖啡，点了一个羊角面包，没吃完。康奈尔要了一个大份的火腿奶酪蛋饼，配上两片抹了黄油的吐司，茶里加了牛奶。

玛丽安说她很担心佩吉，她是他们三个里唯一没拿到奖学金的。她说佩吉会很不好受。康奈尔吸了口气，没说话。佩吉不需要学费补助或者免费的学校住宿，因为她和父母一起住在布莱克洛克①，双亲都是医生，但玛丽安一心想把奖学金视作个人情感问题，而不是经济事实。

不管怎么说，我替你高兴，玛丽安说。

---

① 布莱克洛克（Blackstock）是都柏林城郊的一个地区。

我也替你高兴。

但你比我更应该得到它。

他抬起头看她。他用面巾擦了下嘴。你是说，从经济状况上来看吗？他问。

哦，她回答，好吧，我是说你成绩比我好。

她低头审视着她的羊角面包。他看着她。

当然了，就经济状况而言你也比我更应得奖，她说，我是说，他们发奖学金居然不做资产调查[①]，挺可笑的。

我想，我们来自两个非常不同的背景，按阶级划分的话。

我没想那么多，她说。她迅速地补充道：抱歉，我这么说太无礼了。我大概应该多想想这个问题。

你不认为我是你的工人阶级朋友？

她露出一个微笑，看起来更像是脸扭曲了一下，说：我清楚我们之所以认识，是因为你母亲为我家工作。我也认为我母亲不是个好雇主。我觉得她给洛兰的工资不怎么高。

不高，几乎等于没付。

他用刀切了薄薄的一片蛋饼。蛋煎得太硬了。

我们以前居然从没聊过这个，她说，我认为你要是恨我的话也合情合理。

不，我不恨你。我为什么要恨你？

他放下刀叉，看着她。她看上去有些焦急。

---

① 欧美政府及机构通常会对福利申请者进行审查，判断其是否符合获得资助的条件。

我只是觉得有点怪怪的，他说，我觉得戴着黑领带讲拉丁文很怪。你知道吗，昨天那顿晚宴上，给我们上菜的服务生都是学生。他们靠打工挣钱上学，而我们就坐在那儿，吃他们放在我们面前的免费食物。难道不可怕吗？

当然可怕了。“精英体制”之类的理念是邪恶的，你知道我是这么想的。但我们能做什么呢？把奖学金还回去吗？我不觉得这能有什么用。

好吧，为不采取行动找理由总是很容易的。

你知道你也不会这么做的，所以不要让我内疚，她说。

于是他们继续吃饭，仿佛他们在进行一场辩论，正反双方都同样有说服力，而他们或多或少随机地选择了自己的立场，以便进行讨论。一只大海鸥落在附近一盏街灯的底座上，羽毛看上去出奇地柔软和干净。

你应该想清楚，你觉得一个好的社会应该是怎样的，玛丽安说，如果你认为人们应该能去上大学，拿英语学位，你就没必要为自己这么做了而感到愧疚，因为你有权这样做。

你是无所谓的，你从不为任何事感到愧疚。

她开始在手提包里找什么东西。她随口问道：我在你眼里就是这样的？

不是的，他说。他不知道自己认为玛丽安会对任何事有多愧疚，于是补充道：我不知道。我其实来圣三一的时候应该想到，肯定是这样的。我只是看着这些奖学金，心里想，天哪，中学那帮人会怎么想？

玛丽安沉默了一秒。他隐隐觉得自己似乎表述得不太对，但不知道错在哪里。老实说，她说，你从前就很在乎学校同学会怎么说。他于是想起来，当时大家是怎么对待她的，自己是怎么对待她的，于是他感到愧疚。他没想过对话会这样结束，但还是微笑着说：心好痛。她朝他一笑，举起咖啡杯。在那一瞬间，他心想：中学时他们之间是他说了算，现在是她说了算。但她更宽容，他心想，她比我善良。

杰米讲完他的故事后，玛丽安走进屋里，又拿了一瓶气泡酒和一瓶红酒出来。尼尔开始拆第一瓶酒上的铁丝，玛丽安递给康奈尔一只开瓶器。佩吉开始清理大家的盘子。康奈尔正在撕酒瓶上端的锡箔纸，杰米欠身跟玛丽安说了什么。他把开瓶器的螺纹起子插进木塞，向下转动。佩吉取走了他的盘子，把它垒在其他盘子上面。他将开瓶器的把手往下按，把木塞从瓶颈里提了起来，发出咂巴嘴一样的声音。

天空暗成一种更清凉的蓝色，银色的云挂在地平线边缘。康奈尔觉得脸很涨，不知道是不是晒伤了。他有时喜欢想象玛丽安岁数大些、有孩子后的样子。他想象他们大家齐聚意大利，她在做沙拉之类的，边做边向他抱怨她的老公，年纪比她大，或许是个知识分子，她嫌他无聊。我为什么没嫁给你呢？她会问。在这个梦里，他能清晰地看见玛丽安，看见她的脸，感觉她过去很多年都在当记者，或许住在黎巴嫩。他看不太清自己，也不知道自己在做什么。但他知道他会对她说什么。因为钱，他会说。然后她就笑了起来，头也不抬，继续做沙拉。

餐桌上，他们聊起去威尼斯的一日游，该坐什么火车，有哪些画廊值得一逛。玛丽安对康奈尔说，她觉得他肯定会喜欢古根海姆美术馆，康奈尔很高兴她对自己这么说，很高兴她认为他是在座唯一懂得欣赏现代艺术的人。

我不知道我们干吗要费劲去威尼斯，杰米说，那里现在全是亚洲人，看到什么都要拍照。

但愿你一个亚洲人都碰不到，尼尔说。

桌上一片沉寂。杰米说：什么？听他的声音、看他迟缓的反应速度，很明显他已经喝醉了。

你刚才这么说亚洲人是在种族歧视，尼尔说，我不是在小题大做。

哦，因为会得罪所有在座的亚洲人是吗？杰米说。

玛丽安突然站起身来，说：我去拿甜点。

康奈尔对她这种没骨气的表现非常失望，但他什么都没说。佩吉跟着玛丽安走回屋里，桌上每个人都保持沉默。一只巨大的飞蛾在昏暗的空气中转圈，杰米拿餐巾去打它。一两分钟后，佩吉和玛丽安从厨房里端出甜点：一个巨大的玻璃碗里面装着切成两半的草莓，一叠白瓷盘和一些银餐勺。两瓶红酒。她们沿着餐桌把盘子依次递过去，大家往盘里盛上水果。

她一下午都在切这些小混蛋，佩吉说。

你太宠我了，伊莱恩说。

奶油在哪儿？杰米问。

在屋里，玛丽安说。

那你为什么不把它拿出来？他问。

玛丽安冷冷地将椅子从桌边推开，起身走进屋内。外面几乎全黑了。杰米扫视了一圈，想找到谁迎上他的目光，赞同他要奶油的做法，或者认同玛丽安为这么一个无辜的请求而发脾气有点反应过激了。然而大家似乎都在避开他的视线，于是他大声地叹了口气，把椅子撞开，跟着她进了屋。他的椅子无声地倒在草地上。他从通往厨房的侧门进去，把门在身后砰地关上。房子还有一扇后门，通往花园的另一边，有树的那片。这边拦了堵墙，只看得见树冠。

康奈尔把注意力转回桌上，发现尼尔在盯着他看。他不知道尼尔的眼神是什么意思。他眯起双眼，试图告诉尼尔他很疑惑。尼尔朝着房子意味深长地看了一眼，又看向他。康奈尔向右扭头看去。厨房灯亮着，花园的门漏出黄光。他只能侧过去看，所以看不见里面正在发生什么。伊莱恩和佩吉在夸赞草莓的味道。她们停下来后，康奈尔听见屋里有人提高了嗓门，听起来几乎像尖叫。大家都愣住了。他从桌边站起身，走向屋子，感觉血压在下降。他现在喝了快有一瓶红酒了，甚至更多。

到花园门边时，他看见杰米和玛丽安站在料理台边，正在争吵。他们没有立刻注意到玻璃另一边的康奈尔。他停下来，手放在门把手上。玛丽安全身通红，要么因为晒了太久的太阳，要么因为在生气。杰米正摇摇晃晃地往自己的香槟酒杯里倒红酒。康奈尔转动门把手，走了进去。没事吧？他问。他们两人都看向他，停了下来。他注意到玛丽安在颤抖，仿佛她觉得冷。杰米嘲讽地向康奈尔举起酒杯，红酒晃动着，溢出酒杯边缘，洒在了地板上。

把杯子放下，玛丽安静静地说。

不好意思，你说什么？杰米说。

麻烦你把杯子放下来，玛丽安说。

杰米笑了，自顾自地点点头。你想让我把它放下来？他说，好吧。没问题，你看，我这就把它放下来。

他松开酒杯，杯子砸到地板上，碎了。玛丽安发出一声尖叫，是那种从喉咙里发出的真正的尖叫，她扑向杰米，右手臂向后发力，仿佛作势要打他。康奈尔站到两人中间，鞋子踩在玻璃碴上嘎吱作响，他抓住了玛丽安的上臂。杰米在他身后笑。玛丽安想把康奈尔推开，她浑身都在颤抖，脸上红一块白一块，面色苍白，似乎一直在哭。玛丽安，过来，他说。她看向他。他想起她中学时的样子，跟所有人相处都那么愤怒、那么固执。他了解她过去的样子。他们注视着彼此，直到她的身体不再那么僵硬，她软下来，仿佛中了子弹。

你他妈是个精神病，你知道吗，杰米说，你应该去看医生。

康奈尔把玛丽安的身体扳过来，带着她走向后门。她没有反抗。

你们要去哪儿？杰米说。

康奈尔没有回答。他打开门，玛丽安一言不发地穿门而出。他把门在身后关上。此刻花园这侧很暗，只有斑驳的玻璃窗提供了一点光亮。樱桃在树上暗淡地反光。透过墙，他们听见佩吉的声音。他和玛丽安走下台阶，没有说话。厨房的灯在他们身后熄灭了。他们听见杰米出现在墙那边，回到众人身边。玛丽安用手背擦着鼻子。樱桃挂在他们周围，闪闪发光，像许许多多幽灵般的行星。空气中弥漫着淡淡的香味，仿佛是绿色的，饱含叶绿素。康奈尔在欧洲注意到有些地方在卖含叶绿素的口香糖。头顶上，天空蓝如丝绒。星星若隐若现，没有发光。他们背对着屋子，沿着一排树往下走，然后停了下来。

玛丽安背靠在一棵纤细的银色树干上，康奈尔用手臂将她环抱。她抱起来好瘦，他想，她以前有这么瘦吗？她把脸埋进他仅剩的那件干净T恤里。她还穿着之前那条白裙子，此刻外面围了一条带金色刺绣的披巾。他紧紧抱住她，身体根据她的身体进行调整，仿佛他是那种对人体有健康功效的床垫。她在他的臂弯里放松下来。她似乎平静些了。他们的呼吸逐渐放缓，变成同一种节奏。厨房的灯亮了一次，又暗下来，人声起起伏伏。康奈尔确信自己所做的，但这种确信是空白的，仿佛他在无知无觉地履行一项记忆中的任务。他发现自己的手指伸进了玛丽安的头发，发现自己在平静地抚摸她的颈背。他不知道他这样做了多久。玛丽安用手腕揉了揉眼睛。

康奈尔把她松开。她从兜里摸出一包香烟和一个压扁了的火柴盒。她递给他一支香烟，他接过来。她点亮一根火柴，火苗的光芒在黑暗中勾勒出她的五官。她的皮肤看上去很干，像发了炎，眼睛是肿的。她吸了口烟，烟纸在燃烧时嘶嘶有声。他把自己的烟点燃，把火柴扔进草里，用鞋底碾灭。他们静静地抽着烟。他离开那棵树，巡视花园底部，但太暗了，看不清。他回到树枝下的玛丽安身边，心不在焉地拽着一片宽大光滑的叶子。她把烟叼在下唇上，双手提起头发，拧成一个发髻，用手腕上的一根松紧皮筋把它固定好。烟终于抽完了，他们把烟蒂在草间踩灭。

我今晚能在你房间睡吗？她问，我会睡地板的。

床很大的，他说，没事。

他们回去时，屋子已经漆黑。他们在康奈尔房里脱掉衣服，只剩下内衣裤。玛丽安穿着一件白色纯棉胸罩，这让她的胸看起来小小的，呈三角形。他们在被子下肩并肩躺下来。他知道，自己要是想的话，现在就可以跟她做爱。她不会告诉任何人。他觉得这个念头莫名地叫人安心，于是任由自己去想象它会是什么样的。嘿，他会静静地说你能不能仰躺下来？而她会顺从地仰躺下来。人和人之间反正有太多事都是秘密进行的。如果这件事发生了，他会成为什么样的人？一个完全不同的人？还是和原来完全一样，仍是他自己，什么变化都没有？

过了一会儿，他听见她说了什么，他没听清。我没听见，他说。

我不知道我哪里有问题，玛丽安说，我不知道我为什么不能像正常人一样。

她的声音听起来莫名地冷静和遥远，仿佛这是一段她去世或离开后播放的录音。

怎么不一样？他问。

我不知道我为什么不能让别人爱我。我觉得我天生就有问题。

很多人爱你，玛丽安。你知道吗？你的家人和朋友都爱你。

她沉默了几秒，然后说：你不知道我的家人是什么样子。

他几乎没意识到自己用了“家人”这个词；他只是在找一些能安慰人的废话来说。现在他不知该如何是好。

她继续用那种奇怪的、平铺直叙的声音说：他们恨我。

他从床上坐起来，想看她看得更清楚些。我知道你会和他们吵架，他说，但这不意味着他们恨你。

上次我回家时我哥叫我去自杀。

康奈尔机械地坐得更直了些，他把身上的被子掀开，仿佛要站起来。他用舌头在口腔内部绕了一圈。

他为什么要这么说？他问。

不知道。他说我要是死了没人会想我，因为我没朋友。

他这么跟你说话，你为什么不跟你妈妈讲？

她在那儿，她说。

康奈尔动了动下巴。他颈部的脉搏在跳动。他试图想象这个场景，谢里登一家人在自己家里，艾伦出于某种原因叫玛丽安去自杀，但他很难想象哪个家庭会像她说的那样。

她说了什么？他问，我是说，她是什么反应？

她好像说什么，哦，不要鼓励她。

康奈尔慢慢地用鼻子吸了口气，再从唇间呼出来。

这件事是怎么挑起来的？他问，我是说，你们是怎么吵起来的？

他察觉到玛丽安的面部发生了某种变化，或者说她的脸沉了下来，但他说不出具体是什么变化。

你认为是我招惹他的？她说。

不，我当然不是这个意思。

有时候我觉得一定是我的错。否则我不知道为什么会发生这种事。可他要是心情不好，就会跟着我满屋子走。我一点办法都没有。他会直接进我房间，不管我是在睡觉还是干吗。

康奈尔在床单上擦了擦掌心。

他打过你吗？他问。

打过。我搬走后没那么频繁了。老实说我不是很在乎。那种精神虐待其实更让人丧失意志。我不知道该怎么解释，真的。我知道这肯定听起来很……

他摸了摸额头。他的皮肤湿漉漉的。她没有把话说完。

你为什么从来没跟我讲过这些事？他问。她一言不发。光线很暗，但他能看见她睁开的眼睛。玛丽安，他说，我们在一起那么久，你为什么从来没告诉我？

我不知道。我可能不想让你觉得我有缺陷吧。我大概害怕你会不想要我了。

终于，他把脸埋进手里。隔着眼皮，他的手指又冷又潮，他的眼里噙着泪。他用手按得越紧，泪水就越快地渗出来，渗入他的肌肤。老天，他说。他的声音听起来很粗，于是他清了清嗓子。过来，他说。她凑过来。他觉得无比羞愧，无比困惑。他们面对面地躺着，他用双臂将她环抱。他对着她耳语道：对不起，好不好？她把他抱得更紧了，双臂缠在他身上，他亲吻了她的额头。

他一直都觉得她有缺陷，她没告诉他他也这么觉得。他愧疚地闭紧双眼。他们的脸又烫又潮。他想起她说：我害怕你会不想要我了。她的嘴近在咫尺，她湿润的呼吸扑在他的嘴唇上。他们开始接吻，她的嘴尝起来有红酒味。她的身体靠紧他，他用手抚摸她的胸部，再过几秒他又可以进入她的身体了，然而这时她说：不行，我们不能这样做。就这样，她挪开了。寂静中，他听见自己的呼吸声，听见自己可悲地喘着气。他不想在开口时破音，于是等到气息逐渐缓和下来，才说，真的很对不起。她捏了捏他的手。真是一个叫人悲伤的动作。他不敢相信自己刚才做了什么。对不起，他又说了一次。但玛丽安已经转过身去。

五个月后（2013年12月）

在语言文学大楼的大厅里，玛丽安坐下来查邮件。她没脱大衣，因为她一会儿就要动身。旁边书桌上放着她的早餐，是她刚从街对面超市买来的：一杯加黑糖的黑咖啡，一个柠檬味面包卷。她早上经常吃这两样。最近她放慢了吃饭的速度，先咬上一大口，然后让甜腻的面包在齿间凝结。她吃得越慢，对食物的成分就越关心，就越不饿。她要到晚上八九点才吃第二顿饭。

她收到两封邮件，一封来自康奈尔，一封来自乔安娜。她把鼠标在两封信间轻轻点来点去，最后选择打开乔安娜的。

> 最近没发生什么新鲜事，还是老样子。我晚上开始在家学习，最近正在看一部讲美国内战的九集纪录片。我学到了很多关于内战将军的知识，下次视频聊天时跟你聊。你怎么样了？卢卡斯怎么样？他给你拍照了吗？还是说今天拍？关键问题是……拍完了我能看吗？还是说这太色情了。我等你回音。爱你。

玛丽安拿起柠檬味面包卷，慢慢咬了一大口，让它一层一层在舌上融化。她细细咀嚼，吞咽，然后举起咖啡杯，喝了一大口咖啡。她把杯子放下，点开康奈尔的邮件。

我不知道你最后那句话是什么意思。你是说，因为我们现在隔得很远，还是因为我们作为个体发生了改变？我的确觉得现在的我和以前挺不一样了，但或许看起来没什么大变化，我也不知道。顺带一提，我去Facebook上查了你的好友卢卡斯，他就是那种所谓的“北欧长相”。很遗憾瑞典这次没进世界杯，所以要是你最后交了个瑞典男友，我得重新想个法子和他增进感情。我不是说这个叫卢卡斯的人会成为你的男友，也不是说如果他真成了你男友，他会想跟我聊足球，不过我认为这是有可能的。我知道你喜欢那种又高又帅的男人，那么这个看上去又高又帅的卢卡斯（海伦看了他的照片，对此表示同意）又为什么不可以呢。不管怎么说，我不是在鼓励你把他发展成男朋友，我只希望你确认过他不是变态。你有时候侦测变态的雷达不是很准。

说句题外话，我们昨晚坐出租车从凤凰公园里穿过，看见了很多鹿。鹿这种动物长得还挺奇怪的。它们晚上看起来像鬼，眼睛还会反射车灯的光，变成某种橄榄绿或银色，像特效。它们当时停下来，观察了一下我们的出租车，然后才继续往前走。对我来说，动物停下来会让我觉得很诡异，因为这让它们看起来很有灵性，但或许这只是因为我觉得它们停下来是在思考。不管怎么说，鹿很优雅就是了。如果你是动物的话，当鹿是个不错的选择。它们的面庞看起来若有所思，体态美好苗条。但它们同时也经常因为不可预测的事而受到惊吓。当时看到它们并没有让我想起你，但后来回想时我觉得你们有相似之处。希望你不会因为这个比方而生气。我可以跟你聊我们坐出租车穿过凤凰公园前去参加的那个派对，但说实话，派对很无聊，没有鹿有趣。派对上没有你很熟的人。你的上一封邮件非常精彩，谢谢你。我一如既往地期待你的来信。

玛丽安看了屏幕右上角的时间，9:49。她重新点开乔安娜的邮件，开始回复。

他今天拍照，我其实正要过去。拍好了我当然会发给你看，而且我还会等你把每一张照片都好好地夸奖一番。我很期待听你聊你学到的美国内战的知识。我在这里只学会了说“不，谢谢”（nej tack）和“真的，不用了”（verkligen，nej）。回聊，爱你。

玛丽安关上笔记本电脑，又咬了两口面包卷，然后把吃剩的面包卷用它自带的防油纸包好。她把电脑滑进挎包，取出一顶柔软的毛毡贝雷帽，把它拉下来盖住耳朵。她把面包卷扔进了附近的垃圾箱。

外面还在下雪。外部世界看上去像一台信号很差的老电视机。视觉噪声把大地切成柔软的碎片。玛丽安把手埋进兜里。雪花落在她脸上，融化了。一枚冰凉的雪花飞落在她的上唇，她拿舌头去感觉它。她顶着严寒向卢卡斯的工作室出发。卢卡斯的金发颜色很浅，浅到单根头发看上去像是白色的。她有时会在她的衣服上找到他的头发，比线还细。他全身都穿黑色：黑衬衫，带拉链的黑套头衫，带厚橡胶鞋底的黑靴子。他是个艺术家。他们第一次见面时，玛丽安介绍自己是个作家。她在说谎。如今她对这个话题避而不谈。

卢卡斯住在车站附近。她把手从兜里抽出来，对着手指呼气，然后按了门铃。他用英语应答：谁啊？

玛丽安，她说。

啊，你来早了，卢卡斯说，进来吧。

他为什么说“你来早了”？玛丽安一边想一边爬楼梯。对讲机的信号不太清晰，不过他好像是微笑着说的。他这么说是为了显示她太殷切了吗？但她发现自己对此并不在乎，因为她身上已经没有尚未发掘的殷切了。她既可以在这儿，爬楼梯去卢卡斯的工作室，也可以在学校图书馆里，或者在宿舍里给自己泡咖啡。几周以来，她都有这种感觉，觉得自己在一层保护膜下移动，像水银一样漂浮。外部世界碰得到她的肌肤，却碰不到她的其他部分，她的内里。因此无论卢卡斯说“你来早了”的原因是什么，她都无所谓。

他正在楼上准备。玛丽安取下帽子，把它甩干。卢卡斯抬起头，又看回他的三脚架。你适应这里的天气了吗？他问。她把帽子挂在门背后，耸了耸肩。她开始脱外套。瑞典有句俗语，他说，没有坏的天气，只有坏的衣服。

玛丽安把大衣挂在帽子边。我的衣服有什么问题？她淡淡地问。

就是一句俗语，卢卡斯说。

她真的不知道他是不是在批评她的衣服。她穿着一件灰色羊羔毛毛衣，一条厚料黑裙子，一双及膝的靴子。在玛丽安看来，卢卡斯待客习惯很糟糕，这让他看起来很幼稚。她来了他从不给她泡咖啡或茶，连一杯水都没有。他会直接讲起上次她走后他读了什么或干了什么。他似乎不渴望获得她的反馈，有时她的回答让他疑惑或不知所措，他声称这是因为他英语太烂了。事实上，他的英语理解能力很好。不过算了，今天不一样。她把靴子脱下来，留在门边。

工作室的一角放了一张床垫，卢卡斯就睡那儿。窗户很高，快落到地板，窗前安了百叶窗和薄窗帘。房间里摆满了各种毫无关联的东西：几个大盆栽，成堆的地图册，一个自行车轮子。这种组合最初给玛丽安留下了深刻的印象，但卢卡斯后来解释说，这是他有次为了拍摄而特意收集的，于是它们在她眼里变得很肤浅。任何东西对你来说都是一种效果，她有一次跟他说。他将这当作对他的艺术的赞美。他的确有无懈可击的品位。他对美学上最细小的失败都很敏感，无论是画作、电影，还是小说或电视节目。有时玛丽安向他提起她最近看的某部电影，他会挥挥手，说：对我而言那是一部失败之作。她意识到这种洞察力并没有让卢卡斯成为一个好人。他培养出了一种对艺术的敏感，却没能发展出鉴别对错的能力。这种事居然是可能的，这让玛丽安很不安，让艺术在她眼里突然变得毫无意义。

过去几周里她和卢卡斯在做一项准备。卢卡斯称之为“游戏”。和任何游戏一样，他们要遵守一些规则。玛丽安在游戏期间不能说话或和卢卡斯对视。要是违反了规则，她事后会受到惩罚。游戏在性交结束后不会结束，要等到她去洗澡后才结束。有时卢卡斯事后会跟她说很久的话，然后才允许她去洗澡。他会跟她讲她的坏毛病。玛丽安不知道自己喜不喜欢听到这些话；她渴望听到，但她现在已经意识到她会渴望自己不想要的东西。这种快感又薄又硬，来得太快，退去后让她感到恶心，浑身发抖。你一文不值，你一无是处，卢卡斯喜欢这样对她说。于是她便觉得自己一无是处，内心空无一物，需要外力强行填补。倒不是她享受这种感觉，但某种程度上它能让她得到解脱。然后，游戏结束，她去洗澡了。她经历着一种深深的压抑，深到让她平静下来，他让她吃什么她就吃什么，她的身体不再属于她自己，仿佛只是一件垃圾。

自从她来到瑞典，尤其是开始玩那个游戏之后，人们在她眼里变得像彩色的人形纸片，而不再是实体。有时有人会和玛丽安进行眼神交流，比如公车售票员或者找她换零钱的人，这时她会大吃一惊，然后短暂地意识到这其实是她的人生，别人其实看得见她。这种感觉让她产生某种渴望：想吃东西，想喝水，想说瑞典语，想学游泳或跳舞。但它们很快就淡去了。在隆德她从未真的感觉到饿，虽然她每天早上会把一只依云塑料瓶装满，晚上把大半瓶水都在水槽里倒掉。

此刻，她坐在床垫一角，卢卡斯把灯开了又关，调试相机。

我还不知道该打什么光，他说，要么我们可以先试第一种，然后再试另外那种。玛丽安耸耸肩。她不知道他说的话有多少分量。由于他的朋友都说瑞典语，她很难衡量卢卡斯有多受欢迎或为人赞赏。人们经常来他的工作室，似乎还会爬上爬下搬运很多艺术器材，但他们是崇拜他的作品，庆幸能获得他的注意，还是在利用他来使用这个地理位置方便的工作空间，同时在背后偷偷取笑他？

好，我觉得我们差不多准备好了，卢卡斯说。

你想要我……

要不先从毛衣开始吧。

玛丽安从头上脱下毛衣。她把毛衣放在大腿上，叠好，然后把它放在一边。她穿了一件黑色蕾丝胸罩，上面绣了小花。卢卡斯开始摆弄相机。

她不怎么收到其他人的消息了，好比说：佩吉、苏菲、特里萨，那一群人。杰米对分手的事心怀不满，他跟别人说他很不快乐，于是大家都很同情他。舆论开始对玛丽安不利，她走之前就感觉到了。最初这让她不安，比如在房间里时，大家看到她会避开视线，或者她一进来，对话就戛然而止；她察觉到自己在社交圈子里渐渐站不稳脚跟，人们不再爱慕或羡慕她，这一切多么迅速地从她身边溜走了。可她又发现，其实习惯起来非常容易。男人们一直想要征服她内心的某样东西，而他们渴望征服她的欲望，看上去可能像是被她所吸引，甚至爱上了她。中学里的男生们试图用残忍和冷落来攻陷她，大学里的男人们试图用性爱和追捧，都是出于同一种目的，为了制服她性格中的某种力量。一想到人是如此容易被看穿，她就感到沮丧。无论她是受人爱戴还是为人不齿，到头来都没什么区别。她人生的每个阶段都会上演这样的戏码吗——人们毫无愧意地争夺对她的支配权？

和佩吉的角力是一场苦战。我是你最好的朋友，佩吉当时喜欢说这句话，声音越来越诡异。她不能接受玛丽安对局面放任自流的态度。你知道吗，大家都在谈论你，有天晚上玛丽安打包时佩吉说道。玛丽安不知道该怎么回应。她顿了一会儿，沉吟道：我觉得我们有时关心的东西不太一样。但我的确在乎你。佩吉甩着双手，绕着茶几走了两圈。

我是你最好的朋友，她说，我该怎么办？

我不知道你问这个是什么意思。

我是说，这将置我于何地？老实跟你说，我不太想站队。

玛丽安皱起眉头，把梳子放进行李箱口袋里，拉上了拉链。

你的意思是，你不想站在我这边？她说。

佩吉看着她，绕着茶几走动后喘着粗气。玛丽安仍然跪在行李箱边。

我不知道你是否真的了解大家的感受，佩吉说，大家因此很难过。

因为我和杰米分手了？

因为前前后后的波折。大家都很难过。

佩吉看着她，等待她回答，最后玛丽安说：好吧。佩吉用手揉了把脸，说：我不打扰你收拾了。快走出门时她补充道：你应该考虑去看看心理医生什么的。玛丽安不明白佩吉为什么要这样建议。我应该去看心理医生，因为我没有难过？她想。但她很难不去想佩吉的话，有生以来，她确实被不同的人告知她有精神问题，说她需要帮助。

乔安娜是唯一一个和她保持联系的人。傍晚，她们用 Skype 聊课堂作业，各自看过的电影，乔安娜正在为校报写的文章。屏幕上的背景总是她卧室那面奶油色的墙，脸上打的光很暗。她不再化妆了，有时连头发也不梳。她交了个女朋友，叫伊芙琳，是国际和平研究专业的研究生。玛丽安有次问乔安娜是否还经常和佩吉见面，乔安娜的脸飞快地扭曲了一下，一秒都不到，但还是被玛丽安看见了。没有了，乔安娜说，我和他们都没见面了。反正他们也知道我是站在你这边的。

对不起，玛丽安说，我不想你因为我和任何人绝交。

乔安娜又扮了个鬼脸，这次表情没那么好懂，要么因为光线不好、屏幕有点像素化了，要么因为她想要表达的情绪不是很清楚。

好吧，反正我跟他们也算不上是朋友，乔安娜说，他们更像是你的朋友。

我以为我们都是朋友。

我只和你玩得来。说实话，我觉得杰米和佩吉的为人都不算特别好。你想跟他们交朋友我也管不着，这只是我的观点。

嗯，我同意你的观点，玛丽安说，我猜是因为他们看起来太喜欢我了，我就没注意到别的。

没错。我觉得你清醒的时候其实知道他们很讨厌。但跟他们绝交对我来说更容易，因为他们从来都没有很喜欢我。

听到这么就事论事的剖析，玛丽安有点错愕，觉得自己被乔安娜训了一下，尽管她的语气始终很友善。的确如此，佩吉和杰米都不是什么好人；他们甚至可以说是坏人，喜欢践踏别人。玛丽安感到愤懑，自己竟然被他们蒙蔽，竟以为她和他们有共同之处，竟然参与交易过他们兜售的友谊。上中学时，她以为自己不屑于如此露骨地交换彼此的社交资本，但她的大学生活表明，要是中学时有谁愿意和她说话，她也会和其他人一样恶劣。她根本没什么可高人一等的。

你能转过去对着窗户吗？卢卡斯问。

没问题。

玛丽安在床垫上转过身，把腿曲至胸口。

你能不能动一下……把腿放下来？卢卡斯问。

玛丽安把双腿在身前交叉。卢卡斯把三脚架向前倾斜，重新调整了角度。玛丽安想起康奈尔在邮件里把她比作鹿。她喜欢那句话，说鹿的脸若有所思、体态苗条。她在瑞典轻了不少，现在更瘦了，非常苗条。

她决定今年圣诞不回家。她想了很久如何让自己摆脱“家庭矛盾”。夜里，她躺在床上，想象自己完全脱离了她母亲和哥哥，和他们的关系不好不坏，不参与他们的生活。童年和少年时期的大部分时间，她都在具体规划，让自己远离家庭冲突：她会保持完全沉默，面无表情，一动不动，一言不发地离开房间，走进卧室，轻轻把门关在身后。她会把自己锁在卫生间里。她会离家出走若干个小时，独自一人坐在校停车场。这些策略全都没有奏效。事实上她的策略似乎只会让她更容易被当作主要肇事者，并因此受到惩罚。圣诞节的家庭聚会总是冲突频发，她知道，她试图避开这一节日的行为也会被记录在案，作为她蓄意伤害的又一罪证。

如今，每当她想起圣诞假日，她就想起卡里克里，想起主街上挂起灯，凯莱赫酒馆橱窗里发光的塑料圣诞老人僵硬地挥舞着逼真的上臂，反复招手示意。镇上药房里挂着锡纸剪的雪花。肉店的门开了又关，街角传来呼唤。夜里的教堂停车场上，呼出的气在雾里升起。傍晚的福克斯菲尔德，房子安静得像熟睡的猫，窗户明亮。康奈尔家前厅的圣诞树，浑身竖着金箔装饰，家具挤在一起腾出空间，大家的笑声高昂欢欣。他说要是见不到她，他会很遗憾的。没了你就不一样了，他写道。这话让她觉得自己很蠢，想哭。她的人生现在是如此苍白，再也没有美感了。

我在想你要不把这个脱了吧，卢卡斯说。

他指着她的胸罩。她把手伸到背后，把搭扣解开，让带子从肩上滑下来。她把胸罩扔到照相机的视角之外。卢卡斯拍了几张照片，把三脚架上的相机调低，朝前挪了一英寸，继续拍。玛丽安看向窗户。相机的快门声终于停了，她转过身来。卢卡斯刚好把桌下一只抽屉拉开。他拿出一卷黑色绑带，由某种粗糙的棉或亚麻纤维编织而成。

那是什么？玛丽安问。

你知道这是什么。

你别跟我来这套。

卢卡斯站在原地放绑带，一脸漠然。玛丽安突然觉得骨头非常沉重，这种感觉很熟悉。她的骨头重得她没法动弹了。她静静地把手臂伸到身前，手肘贴在一起。很好，他说。他跪下来，用绑带把它们紧紧地捆起来。她的手腕很细，但绑带拉得太紧，两边还是挤出了一点肉。她觉得这看上去很丑，下意识地转过头去，再次看向窗户。非常好，他说。他回到相机边。快门开始闪动。她闭上双眼，但他叫她把眼睛睁开。她累了。她的身体内部似乎正在往下沉，沉向地板，沉向地心。当她抬起头时，卢卡斯正在解开另一根绑带。

不要，她说。

别为难你自己。

我不想干了。

我知道，他说。

他又跪下来。她把头往后缩，想避开他的触碰，他却迅速伸手握住她的喉咙。这个动作并没有让她害怕，它只是让她筋疲力尽，再也说不出话来，也动弹不得。她的下巴往前一沉，耷拉着。她已经疲于躲避，放弃反倒更容易、更轻松。他轻轻捏住她的喉咙，她咳了一声。他一言不发地松开了她。他拿起绑带，缠在她的眼睛上。她现在连呼吸都费劲了。眼睛很痒。他轻柔地拿手背抚摸她的脸颊，她感到恶心。

你瞧，我爱你，他说，我知道你也爱我。

这话让她毛骨悚然，她从他身边弹开，后脑勺撞到墙上。她用捆在一起的手腕去蹭眼睛上的绑带，直到把它推了上去，恢复视线。

怎么了？他问。

给我松绑。

玛丽安。

给我松绑，不然我就叫警察了，她说。

这个威胁其实不怎么实际，因为她的手还是绑着的，但或许卢卡斯意识到氛围已经变了，于是开始解开她手腕周围的绑带。她的身体在剧烈颤抖。她一等绑带足够松，就张开了手臂。她把眼睛上的绑带扯掉，抓起毛衣，一头套上去，双手穿过袖子。她笔直地站在床垫上。

你为什么要这样？他问。

离我远点。再也不要这样跟我说话。

哪样跟你说话？我说什么了？

她把胸罩从床垫上拿起来，揉成一团，然后穿过房间，把它塞进她的手提包。她开始穿鞋，单脚在地板上笨拙地跳来跳去。

玛丽安，他说，我干什么了？

你是认真的，还是这是你的艺术手法？

生活的一切都是艺术手法。

她瞪着他。出乎她意料，他紧接着说：我觉得你是个非常有天赋的作家。她笑了，出于恐惧。

你对我的感觉跟我对你的不一样，他说。

我跟你讲清楚，她说，我对你一点感觉都没有。一丁点都没有。懂了吗？

他回到相机边，背对着她，仿佛为了掩盖某种表情。他是在嘲笑她的痛苦吧？她心想。他生气了吗？他该不会也受伤吧？光是想想就觉得恐怖。他把相机从三脚架上取下来。她打开公寓门，走下楼梯。他对她做这么恶心的事时，不会真的认为这是出于爱吧？世界真的邪恶到连什么是爱、什么是最卑鄙最羞辱的暴力都分不清了吗？走出大楼，她呼出的气升成一片白雾，雪还在下，仿佛在循环上演一个小得不能再小的错误。

三个月后（2014 年 3 月）

他需要在接待室把问卷填好。亮色椅子绕着茶几摆了一圈，茶几上有一个算盘玩具。茶几对他来说太矮了，他没法俯身趴在茶几上填，于是把问卷别扭地放在膝盖上。回答第一个问题时，他的圆珠笔就把纸页划破了，在上面留了一个小洞。他抬头看向给他这张表的前台接待员，她没在看他，于是他又埋下头。第二个问题的题目是“悲观”。他需要在以下几个陈述句中选一个，圈出它前面的数字：

0 我对自己的未来一点都不沮丧

1 我对自己的未来比以前要沮丧

2 我不认为我的未来会顺利

3 我觉得我的未来没有希望，只会变得更糟

在他看来，这其中任何一个表述都可能是真的，或者同时有不止一个是真的。他把笔头夹在牙齿中间。读到第四个句子时（不知为何它的编号是 3），康奈尔感觉他鼻子的软组织有点刺痛，仿佛这个句子在呼唤他。的确如此，他觉得自己的未来没有希望，只会变得更糟。他越想越觉得和它产生共鸣。他甚至不用去思考它，因为他能感受到它：它的句法似乎来自他的内心。他把舌头

在口腔上壁用力摩擦，努力显得面无表情，只是皱眉作出很专注的样子。他不想吓到那个会收到这份问卷的女人，于是圈了编号2的陈述。

这个心理咨询是尼尔告诉他的。他具体是这么说的：它是免费的，所以不去白不去。尼尔是个实际的人，他表达同情的方式也很实际。康奈尔最近没怎么见到尼尔，因为他搬进了奖学金提供的学校宿舍，谁都不怎么见得到了。昨天晚上他在房间地板上躺了一个半小时，因为他累得没法从套间走回床边。套间在他身后，床在他面前，二者都在视线范围内，但不知为何他既无法向前也无法后退，只是一味下沉，沉到地板上，最后身体在地毯上一动不动。好吧，我在地板上，他心想。这比躺在床上，或者躺在一个完全不同的地方糟很多吗？没有，人生没有发生任何改变。人生在你的脑子里。我还不如就这么躺着，吸着地毯上的灰，感觉右臂被身体压得越来越麻，反正这和其他可能的经历也没什么本质区别。

0 我对自己的看法和从前一样

1 我对自己失去了信心

2 我对自己很失望

3 我讨厌我自己

他抬头看向玻璃背后那个女人。这会儿他才发现她和等待室的人之间隔了一面玻璃板。他们觉得康奈尔这样的人会对玻璃后面的她构成某种危险吗？他们觉得这些人——那些来这儿耐心填写问卷、向那个女人一遍遍重复自己的名字以便她将其输入电脑系统的学生们——会企图加害桌后的她吗？就因为康奈尔会在自家地板上躺好几个小时，他某天就会在网上买一把半自动机关枪，然后在购物中心进行大屠杀吗？这简直是他最不想干的事了。他甚至会为打电话时结巴了一下而内疚。尽管如此，他知道安装玻璃隔板背后的逻辑：有精神疾病的人在某种程度上是被污染的，具备潜在危险。哪怕他们没有在失控的暴力冲动之下袭击桌后女子，他们还是可能会对着她呼出某种微生物，导致她沉迷于过去所有失败的情感经历中。他圈了 3，继续往下看。

0 我一点自杀的念头都没有

1 我有自杀的念头，但我没法实行它

2 我想自杀

3 如果有机会的话，我会自杀

他再次回头看向那个女人。他不想向这个彻头彻尾的陌生人坦白他想自杀。昨晚他幻想自己一动不动地躺着，直到因为缺水而死，不管这会花上多久。或许要等上好几天，但这几天会非常令人放松，因为他什么都不用做，也不用费劲集中注意力。谁会发现他的尸体呢？他不在乎。这种幻想经过数周的反复演练提纯，最后以死亡的瞬间告终：他平静的眼皮无声地合上，结束了一切。他圈了 1。

他答完了剩下的问题，它们问的东西都非常隐私，最后一个是关于他的性生活。他把纸页折起来，交还给了前台接待。他不知道把这些极其敏感的信息交给一个陌生人会带来什么后果。他咽了一下口水，喉咙紧得发疼。那女人像接过一份迟交的大学作业一样接过问卷，然后对他愉快地露出一个没有真情实感的微笑。谢谢，她说，你等咨询师叫你名字吧。他浑身无力地站在那里。她手里握着他最私密的信息，他从未和任何人分享过。看她一副无所谓的样子，他突然想把它夺回来，仿佛他误解了这种信息交换的目的，或许应该换一种填法。但他只说了句：好吧，就又坐了下来。

他干等了一会儿。他的胃发出微弱的抱怨声，因为他还没吃早饭。最近他累得没法自己做晚饭，就在奖学金网站上登记，开始在学校餐厅吃校餐。就餐前每个人都要站起来听祷词，是用拉丁语诵读的。然后由别的学生上菜，他们一律穿着黑衣服，以便和等待上菜的学生区别开来。菜永远都一样：开胃菜是咸柳橙浓汤，配一个餐包和一小块锡纸包的黄油。然后是一片浸在肉汁里的肉，大家自己拿银盘里的土豆。最后是甜点，一种湿漉漉甜腻腻的蛋糕，或者水果沙拉，基本上全是葡萄。菜上得很快，撤得也很快，墙上肖像画里来自不同年代的男人身着华服，盯着他们。康奈尔一个人吃饭，听到别人说话但没法加入，深刻地感觉自己灵肉分离，几乎强烈到让他难以忍受。饭后，他们还要再听一段祷文诵唱，伴随着椅子从桌边抽开的噪音。七点前，他就已经回到夜色中的前庭广场，灯已经亮了起来。

一个穿灰色长开衫的中年女性从里屋走进等待室，问：康奈尔？他想挤出一个微笑，又放弃了，转而用手揉了揉下巴，点点头。我叫伊冯娜，她说，能跟我来一趟吗？他从沙发上站起来，跟着她走进一间小办公室。她把门在身后关上。办公室一边是一张办公桌，上面放了一台看上去很老的微软电脑，正在嗡嗡作响；另一边放了两把薄荷色的矮扶手椅，相对而立。来吧，康奈尔。坐哪儿都行，她说。他在面向窗户的椅子上坐下，透过窗能看见一栋水泥大楼的背面和一根生锈的排水管。她在他对面坐下，举起挂在脖子细链子上的眼镜。她把眼镜戴上，然后低头看记事本。

好的，她说，要不我们聊聊你最近过得怎么样。

嗯。过得不太好。

很遗憾听你这么说。你是从什么时候开始有这种感觉的？

嗯，几个月前吧。一月左右，他说。

她把笔按开，开始记笔记。一月，好的，她说，是当时发生了什么事，还是说这种感觉是无端产生的？

跨年后没过几天，康奈尔收到雷切尔·莫兰发来的短信。那会儿是凌晨两点，他和海伦刚从一个派对上回来。他把手机斜过来，点开短信。这是一条群发给他们所有中学同学的短信，问有没有人见过罗布·赫加蒂，或是否和他还有联系。短信里说他已经失踪几个小时了。海伦问他短信里说了什么，不知为何，康奈尔答道：哦，没什么，就是条群发消息，祝新年快乐。第二天，人们从科里布河里打捞出罗布的尸体。

康奈尔后来听朋友们说，罗布在事发前几周里一直在酗酒，似乎情绪低落。康奈尔毫不知情，他上学期没回家，没怎么跟人见面。他登录Facebook，发现罗布上一次给他发消息是在二〇一二年初。有一张康奈尔晚上出去玩的照片，他的手臂挽在玛丽安的朋友特里萨的腰间。罗布写道：你在上她吗？干得漂亮哈哈。康奈尔没有回复。他圣诞节时没见到罗布，他不记得去年夏天有没有见过他了。他试图在脑海中唤起罗布的面容，却发现自己做不到：刚开始会浮现出一张人脸，完完整整、易于辨识，可一旦凑近，那些五官就会四处浮动，变得模糊，混成一团。

接下来的几天里，他的中学同学纷纷在Facebook发帖，科普自杀问题。自那之后，康奈尔的精神状态持续恶化，周复一周。从前他的焦虑是慢性的，很轻微，只是让他遇到什么事都有打退堂鼓的冲动，现在他的焦虑变严重了。和人进行简单交流，比如点咖啡或随堂回答问题时，他的手会有刺痛感。他还有过一两次惊恐发作，表现为过度呼吸、胸痛，周身犹如针扎。他感觉正在和五官逐渐分离，无法思考或阐释自己看到和听到的一切。事物看起来、听起来都不太一样了，变得更慢、很假、不真实。第一次发作时，他以为自己要疯了，以为他用来理解世界的整套认知体系会彻底分崩离析，从此以后他将再也无法分辨声音和色彩。然而几分钟后，这种症状又退去了，他躺在床上，浑身大汗。

此刻他抬起头，看向伊冯娜。她是学校指派来的，她靠听他的问题来赚钱。

我有个朋友一月份时自杀了，他说，我中学时代的朋友。

哦，这太令人难过了，还请节哀。

我们上大学后就没怎么联系了。他在戈尔韦，我在这里，加上各种事。我想我现在很自责，没能和他多联系联系。

我理解你的心情，伊冯娜说，无论你因为朋友的事感到多么悲伤，但他去世不是你的错。你不需要为他做的决定承担责任。

我没回他发给我的最后一条信息。我是说，那是几年前的事了，但我连回都没回。

我知道这对你来说肯定非常痛苦，这当然很痛苦。你觉得你错过了一个机会，没能帮助一个正在受折磨的人。

康奈尔木讷地点点头，然后揉了揉眼睛。

当你的朋友因为自杀而离世，你自然而然会想，你是不是本可以帮他一把，伊冯娜说，我相信，你朋友生命中的每个人现在都在问自己同样的问题。

但至少其他人尝试去帮他了。

这话说出来比康奈尔想得更有攻击性，或者说恳求的意味更浓。他惊讶地发现伊冯娜没有直接回应，而是透过镜片看着他，然后眯起双眼。她在点头。接着，她拿起桌上的一沓纸，把它竖起来，公事公办的样子。

话说回来，我看过你填的表了，她说，老实跟你说，康奈尔，我觉得情况有点严重。

是吧。很严重吗？

她调整了那沓纸的前后顺序，他看到第一页上他用笔戳出的洞。

我们把这个称为《贝克抑郁自评表》，她说，我猜你已经知道它是怎么回事儿了。每道题有一定的分值，零到三分。你看，像我这样的人做完后大概会得零到五分，一个有轻微抑郁的人可能会得十五或十六分。

是吧，他说。

你得了四十三分。

哦，好吧。

这意味着你的情况属于严重抑郁，她说，你觉得这和你的感受相符吗？

他又揉了揉眼睛。他轻轻地说出了答案：是的。

我发现你对自己的评价非常消极，你有一些轻生的念头等等。我们对此要非常重视。

好。

于是她开始介绍治疗方案。她说她会推荐他去找学校的全科医生，咨询一下该吃什么药。如你所知，我不能给你开药，她说。他点点头，开始坐立不安。没错，我知道，他说。他不停地揉眼睛，它们很痒。她递给他一杯水，他拒绝了。她开始问他家里的情况，他的母亲，她住哪儿，他有没有兄弟姐妹。

你现在有女朋友或者男朋友吗？

没有，康奈尔说，我没在和谁交往。

海伦和他一起回卡里克里参加葬礼。举行仪式的那天早上，他们在他的房间里沉默地穿上衣服，一墙之隔，能听见洛兰吹风机的嗡鸣声。康奈尔穿着他唯一一套正装，这是他十六岁时参加一个表亲的圣餐礼[①]时买的。西服的肩部紧绷绷的，抬胳膊时能感觉到。他满脑子想的都是自己看起来糟透了。海伦坐在镜前化妆，康奈尔站在她身后系领带。她抬起手摸了摸他的脸。你看起来很帅，她说。这句话让他莫名地光火，仿佛这是她能说出的最不体谅、最粗俗的一句话。他没有答话。她把手垂下来，开始穿鞋。

他们在教堂前厅驻足，和洛兰认识的一个人说话。康奈尔的头发被雨打湿了，他不停地把它抚平，既不看海伦，也不说话。随后，穿过教堂敞开的大门，他看见了玛丽安。他知道她会从瑞典回来参加葬礼。她站在门廊里，看上去非常纤细苍白，穿着一件黑外套，拿着一把淋湿的伞。自意大利一行以来他再没见过她。他心想，她看起来都有点弱不禁风了。她把伞放在门内的伞筐里。

玛丽安，他说。

他想都没想就叫出了她的名字。她抬起头，看见了他。她的脸像一朵小白花。她举起双臂绕过他的脖子，他紧紧抱住了她。他闻到她衣服上有她家房子里的味道。上次见到她时，一切还和从前一样。罗布还活着，康奈尔可以给他发消息，甚至给他打个电话，跟他聊天，那时他还能够这么做，在那之前他都能这么做。玛丽安用手摸了摸康奈尔的后脑勺。大家都站在那儿看他们，他感觉得到这一点。他们知道不能再这样抱下去了，于是松开了彼此。海伦迅速拍了拍他的胳膊。人们在前厅里进进出出，外套和

① 一种基督教仪式，通常会食用作为圣餐的面包和红酒，分别象征耶稣的身体和血液，从而表明主的生命与信徒同在。

雨伞上的水静静地滴在瓷砖上。

我们该和罗布告别了，洛兰说。

他们和其他人排成一队，和罗布的家人握手。罗布的母亲艾琳哭了又哭，他们走向教堂深处的一路上都能听见她的哭声。队排到一半时，康奈尔的腿开始发抖。他希望此刻站在他身边的是洛兰而不是海伦。他觉得自己快要吐了。终于轮到他，罗布的父亲韦尔紧紧握住他的手，说：康奈尔，好小伙子。我听说你在圣三一学得很不错。康奈尔的手已经出汗出得能挤出水来。我很难过，他轻声说，我很难过。韦尔抓住他的手不放，注视着他的眼睛。好小伙，谢谢你来，他说。然后就结束了。康奈尔在离他最近的长椅上坐下来，浑身都在发抖。海伦在他身边坐下，拽着短裙的下摆，看起来有点刻意。洛兰走过来，从手提包里拿出一张纸巾递给他，他拿它擦拭前额和上唇。她捏了捏他的肩膀。没事的，她说，你做了你该做的了，放轻松。海伦把脸转了过去，仿佛觉得很尴尬。

弥撒结束后他们去参加了下葬仪式，然后回到酒馆的舞厅吃三明治、喝茶。吧台后的女孩是中学时低他们一届的学妹，她穿着白T恤和马甲，正在上啤酒。康奈尔给海伦和自己各倒了一杯茶。他们靠墙站在茶盘附近，一言不发地喝着茶。康奈尔的杯子在碟子上咯咯作响。这时埃里克走过来，和他们站在一起。他系着一条亮闪闪的蓝领带。

最近怎么样？埃里克问，好久不见。

是啊，我也觉得，康奈尔说，的确过了挺久的。

这位是？埃里克问。他冲海伦点点头。

这是海伦，康奈尔说，海伦，这是埃里克。

埃里克伸出一只手，海伦和他握了手，左手礼貌地举着，脸绷得紧紧的。

他女朋友，是吧？埃里克说。

她扫了康奈尔一眼，点点头，说：对。

埃里克松开她的手，咧嘴一笑。你也是都柏林人喽，他说。

她紧张地笑了笑，说：没错。

我们这哥们儿这么久没回来肯定是因为你了，埃里克说。

不是她的错，是我的错，康奈尔说。

我在跟你开玩笑呢，埃里克说。

他们沉默了几秒，望着外面的房间。海伦清了清喉咙，得体地说：还请你节哀顺变，埃里克。埃里克转过身，很绅士地向她点点头。他又看向那个房间。啊，真是难以置信，他说。然后他拿壶给自己倒了杯茶。难得玛丽安也回来了，他说，我还以为她在瑞典还是哪儿。

是的，她专门为葬礼回来的。

她变瘦了好多，有没有？

埃里克喝了一大口茶，吞下肚，咂巴着嘴。玛丽安本来在和别人说话，此时抽出身来，朝着茶盘的方向走过来。

本尊来了，埃里克说，玛丽安，谢谢你大老远地从瑞典赶回来。

她谢过他，给自己倒了杯茶，说很高兴见到他。

你见过海伦了吧？埃里克说。

玛丽安把茶杯放回碟子上。当然见过了，我们是一个学校的，她说。

处得还算和气吧，埃里克说，我是说，没争风吃醋什么的。

注意点分寸，玛丽安说。

康奈尔注视着玛丽安倒茶、微笑、叫埃里克"注意点分寸"，他对她心生敬畏：她的言行举止自然大方，她如此轻松自如地行走在世间。上中学那会儿不是这样的，正好相反。那会儿康奈尔才是行为得体的那个，玛丽安跟谁都处不好。

葬礼结束后他哭了，但这种哭泣毫无意义。中学五年级[①]时康奈尔为校足球队进了个球，罗布跳到足球场上去抱他。他高喊着康奈尔的名字，疯狂地亲吻他的头。只是打到一比一而已，而且场上还有二十分钟。但那就是他们当时的世界。他们在日常生活中如此小心地压抑自己的情感，把它们塞进越来越小的空间里，直到看上去很小的事也拥有了超乎寻常的、令人害怕的重要性。在足球比赛时肢体相碰、流下热泪是情理之中的事。康奈尔至今还记得罗布用力过猛的双臂。还有毕业舞会那天晚上，罗布给他们看莉萨的裸照。对罗布来说，最要紧的是获得他人的认可，被别人尊重，成为一个有头有脸的人。为了被社会接受，他愿意背叛任何信赖、任何善意。康奈尔没法因此而看不起罗布。他自己也曾是这样，可能比罗布还糟。他只是希望能做一个正常人，掩

---

① 爱尔兰教育系统分为小学（4—13岁）和中学（12岁及以上），中学通常为6年。

饰让他感到羞耻或困惑的地方。是玛丽安让他明白还有其他可能性。自那之后他的人生就不一样了；或许他之前从未明白它发生了多大改变。

葬礼当晚，他和海伦关灯后躺在房间里，没睡。海伦问他为什么没把她介绍给他的朋友们。她在耳语，免得把洛兰吵醒。

我不是把你介绍给埃里克了吗？康奈尔说。

他问了你才介绍的。老实说，你看起来不是很想让他认识我。

康奈尔闭上双眼。我们是来参加葬礼的，他说，你知道的，有人刚刚去世。我觉得这个场合不太适合介绍你跟他们认识。

好吧，要是你不想让我来，你就不该邀请我，她说。

他缓缓地吸气、呼气。好吧，他说，我不该叫你来的，对不起。

她从床上坐起来，问：这是什么意思？我来了你不高兴？

不是，我是说，要是我让你产生误解，抱有某种期待，那我向你道歉。

你根本就不想让我来，是不是？

老实说，我自己都不想来，他说，很抱歉让你过得不愉快，但我们是来参加葬礼的。我不知道你本来抱有什么期待。

他听见她用鼻子急促地吸了口气。

你可没忽略玛丽安，她说。

我谁都没忽略。

但你似乎特别高兴见到她，你说是不是？

求你了，海伦，他轻轻地说。

干吗？

为什么每次吵架都会回到这一点上？我和玛丽安的朋友才刚自杀，你却想跟我扯玛丽安的事，你是认真的吗？好吧，我很高兴能见到她，这意味着我是个怪物吗？

海伦再开口说话时，声音很低，咬牙切齿。我一直很同情你朋友的遭遇，你知道的，她说，但你还能指望我怎么样，假装没看到你当着我的面盯着别的女人看吗？

我没有盯着她看。

你看了，在教堂里。

好吧，我不是有意的，他说，相信我，我没觉得在教堂那会儿的氛围很性感，信不信由你。

你为什么在她面前老是表现得这么奇怪？

他皱了皱眉，仍然闭着双眼躺在床上，面朝天花板。我在她面前就是我正常的样子，他说，或许我本来就是个怪人。

海伦一句话也没说。最终，她在他身边躺了下来。两周后他们就分手了。彼时康奈尔已经疲倦、痛苦得甚至无法作出任何反应。他身上发生了很多事，比如突然不由自主地哭、惊恐发作，但这些事似乎来自外界，并非发自他体内。他的内心没有任何感觉。他就像一个从冰柜里拿出来的东西，外面化得到处都是，里面还冻得结结实实。不知为何他比从前更爱表达情绪了，但同时他能感受到的东西却越来越少，甚至什么都感觉不到。

伊冯娜慢慢地点点头，嘴摆出同情的样子。你觉得自己在都柏林交到朋友了吗？她问，你和谁比较亲近，可以跟他讲述你现在的感受？

我的朋友尼尔吧。是他告诉我有这个。

学院的心理咨询？

对，康奈尔说。

哦，那很好。他在关心你。尼尔。他也是圣三一的学生。

康奈尔咳了一下，想赶走喉咙里干涩的感觉，说：没错。我还有个走得挺近的朋友，但她今年参加伊拉斯谟计划①去了。

大学朋友？

我们是中学同学，但她现在也在圣三一。她认识罗布，我们去世的那个朋友。但她今年不在这里，我刚才说了。

他看见伊冯娜把玛丽安的名字写在记事本上，大写的首字母“M”两个角写得又尖又高。他最近几乎每晚都和玛丽安在 Skype 上聊天，有时是吃过晚饭后，有时更晚些，等她晚上从外面回来后。他们从不谈在意大利发生的事。他很庆幸她从没提起它。聊天时视频质量很高，但有时音画不同步，这让他感觉玛丽安是一部影片，一件用来观赏的事物。她出国后大学里开始传出关于她的流言。康奈尔不确定她对此是否知情，比如杰米那帮人在说什么。康奈尔跟那些人甚至都算不上朋友，但连他都有所耳闻。一次派对上，一个喝醉了的男人跟他说玛丽安有奇怪的癖好，网上有她的照片。康奈尔不知道照片的事是不是真的。他在网上搜过

---

① 伊拉斯谟计划（Erasmus Programme），全称为European Community Action Scheme for the Mobility of University Students，欧共体成员国高校留学生交流计划。

她的名字，但什么都没找到。

你会跟她聊你的感受吗？伊冯娜说。

嗯，她给了我很多精神上的支持。她……嗯，很难跟一个不认识她的人形容她是什么样的人。她非常聪明，比我聪明得多，但我觉得我们的世界观很像。当然了，我们一直都在同一个地方生活，所以她不在身边感觉有点不一样。

听上去没有她对你来说有点艰难。

我没有遇到那么多我真的合得来的人，他说，你知道吗，这对我来说很难。

你觉得这是个新问题，还是老问题？

我觉得是老问题。要我说，上中学时我就偶尔会感到孤独。但大家都很喜欢我。在这里我觉得大家没那么喜欢我。

他顿了一下，伊冯娜似乎看出他的犹豫，没有打断他。

比如说罗布，我去世的那个朋友，他说，我跟他在很深的层面上不是很合得来，但我们是朋友。

没错。

我们没什么相似点，比方说共同的兴趣爱好什么的。我们的政治观点可能也不一样。但是上中学时这些东西其实并不重要。我们在同一个圈子里，所以我们是朋友，你懂我的意思吗？

我懂的，伊冯娜说。

而且他做过一些我不太认可的事。他对待女孩的方式有时挺糟的。当然了，我们那会儿才十八岁，人人都像个傻瓜。但我觉得他那些行为让我跟他有点疏远了。

康奈尔咬住大拇指盖，然后把手垂下来，落在大腿上。

我大概觉得，搬到这里后我会更容易融入，他说，我以为我说不定能找到更多志同道合的人。但说实话，这里的人比我的中学同学糟糕得多。这里所有人都在到处攀比他们父母赚多少钱。我不是在打比方，我亲眼见过。

他吸了一口气，觉得自己一口气说得太快太多，但他不想停下来。

我离开卡里克里时，以为自己能过上不一样的生活，他说，可我讨厌这里，事到如今，我又再也回不去了。我的意思是，那些友谊已经不复存在了。罗布也不在了，我再也见不到他了。我再也回不去那种生活了。

伊冯娜把桌上的纸巾盒推给他。他看向纸盒，上面印着绿色的棕榈树叶，又看向伊冯娜。他摸了摸脸，这才发现自己在哭。他默默抽出一张纸巾，把脸擦干。

不好意思，他说。

伊冯娜注视着他的眼睛，但他看不出她在没在听他说话，有没有听懂或者有没有尝试听懂他在说什么。

我们心理咨询处能做的是调整你的情绪、想法和行为，她说，我们没办法改变你的现状，但我们能改变你应对现状的方式。你明白我的意思吗?

嗯。

咨询进行至此，伊冯娜递给他一份表格，上面画了大大的卡通箭头，指向不同的文字框。他接过表格，假装他以后会填。她还递给他一些影印资料，教人如何应对焦虑的，他假装自己会读。她给他打印了一张纸，让他交给学院心理卫生服务处，指导他们如何应对他的抑郁情况，他说他两周后会再来。然后他离开了咨询室。

几周前，康奈尔参加了一场朗读会，有个作家来学校举办活动。他一个人坐在讲堂后面，有点不自在，因为来参加朗读会的人很少，别人都是挨着坐的。活动在艺术楼一个没有窗户的大堂举行，座位上安了能展开的小桌。一个教过他的老师对作家的作品进行了简短却谄媚的概述，然后作家本人，一个看起来约莫三十岁的年轻男人，上台感谢大学的邀请。康奈尔那会儿已经开始后悔来参加这个活动了。这里的一切都是如此稳重、程式化、缺乏活力。他不知道自己为什么要来。他读过作家的短篇集，觉得作品质量参差不齐，不过在有的地方敏感细腻、洞察秋毫。他心想，现在看着这个作家在这样的环境里，与一切即兴自然的东西隔绝开来，对着已经读过他作品的人大声朗诵自己的作品，就连那一点优点都被糟蹋了。他的朗读太僵硬，让人觉得他书里写的东西也是假的，让人觉得他和他写的那些人没有关系，仿佛他观察那些人物的唯一目的就是为了能跟圣三一的学生讲述他们。康奈尔想不出这些文学活动有什么存在的理由，它们的贡献是什么，有什么意义。来的人都是为了成为那种会参加文学活动的人。

活动结束后，主办方在讲堂外开了一个小型招待酒会。康奈尔正要走，却被一群高声说话的学生挡住了路。他正准备穿过他们，其中一个人说：你好，康奈尔。是她，萨迪·达西-奥谢。他们一起上过几门英文系的课，他知道她是文学社团的人。她就是大一时当着他的面叫他“天才”的那个女孩。

你好，他说。

你觉得朗读会怎么样？

他耸耸肩。还行，他说。他有点焦躁，想离开她，但她说个不停。他在T恤上擦了擦手心。

你没有被惊艳到吗？她问。

不好说，我不太理解这些活动的意义。

朗读会？

对，康奈尔说，其实，我不知道它们办来有什么用。

大家突然转过头去，康奈尔也顺着他们的视线看去。那个作家从讲堂里走出来，向他们走来。你好，萨迪，他说。康奈尔没想到萨迪和作家之间有私交，觉得自己刚才说的话很蠢。你读得太棒了，萨迪说。康奈尔又恼又累，于是挪到一边，让作家走到他们站成的圆圈中，准备慢慢走开。这时萨迪抓住他的胳膊，说：康奈尔正在跟我们说，他觉得文学朗读会没什么意义。作家心不在焉地向康奈尔看去，点了点头。对啊，同感，他说，朗读会很无聊的，不是吗？康奈尔意识到作家的言谈举止跟他朗读时一样僵硬，这让他感到愧疚，意识到自己不该仅仅因为一个人或许有点不善言谈，就对文学产生如此负面的看法。

我们很感谢你来，萨迪说。

你全名是什么？作家问。

康奈尔·沃尔德伦。

作家点点头。他从桌上举起一杯红酒，让其他人继续讲话。现在康奈尔终于可以趁机溜走了，不知为何他却留了下来。作家喝了口红酒，再次看向康奈尔。

我很喜欢你的书，康奈尔说。

哦，谢谢，作家说，你去不去雄鹿头酒吧喝一杯？我听说他们要去那里。

那天晚上他们在雄鹿头待到酒吧关门了才走。他们就文学朗读会进行了友好的争论，康奈尔没怎么说话，但作家支持他的意见，这让他很高兴。后来作家问康奈尔是哪里人，康奈尔回答说他来自斯莱戈，那里有个地方叫卡里克里，作家点点头。

嗯，我知道卡里克里，他说，那里从前有家保龄球馆，可能已经关了好几年了。

对，康奈尔飞快地答道，我小时候在那儿办过一次生日聚会。在那家保龄球馆。不过它的确倒闭了，如你所说。

作家喝了一小口啤酒，问：你觉得圣三一怎么样？喜欢吗？

康奈尔越过桌子看看萨迪，她手腕上的手镯哐当作响。

说实话，有点难以融入，康奈尔说。

作家又点点头。或许这不是件坏事，他说，你可以用这个经历写你的第一部短篇集。

康奈尔笑了，低头看着他的大腿。他知道作家在开玩笑，但这个想法让人愉悦，让他知道自己并不会白白痛苦。

他知道，大学里很多文艺青年读书主要是为了让自己显得很有文化。那天晚上在雄鹿头，有人提起财政紧缩抗议[①]，萨迪举起双手说：莫谈政治！这其实佐证了康奈尔最开始对朗读会的评价。它是一种文化性质的阶级表演，受过教育的人迷恋文学，因为它能带他们体验一段虚假的情感历程，他们喜欢读没受过教育的人的情感历程，以便读完后可以感觉自己比那些人高一等。哪怕作家本人是个好人，哪怕他的书真的很有见地，所有的书最后都会被营销成地位的象征，所有作家在某种程度上都参与到这种营销当中。或许这就是这个行业赚钱的方式。在这种公共朗读的场合出现的文学，不具备抵抗任何东西的能力。话虽如此，当晚，康奈尔回家后重读了自己为创作新短篇而做的笔记，心中涌起某种熟悉的愉悦，仿佛观看一次完美的射门，看光线穿过窸窣作响的树叶，听见汽车驶过时从打开的车窗传出的一小段音乐。不管发生什么，生命总会带给人一些喜悦的瞬间。

① 20世纪90年代及21世纪初，爱尔兰经济在外资汇入和房市泡沫的驱动下涨势凶猛，被称为“凯尔特之虎”。伴随2007—2008年全球经济危机，爱尔兰经济增长首次放缓，房市彻底崩盘，政府最终不得不向国际货币基金组织请求经济救援，并在后者要求下推行财政紧缩政策，从而引发民众不满，发起游行抗议。2011年共和党大败，丧失近八十年来最大党地位，这一事件被认为具备“历史意义”。

四个月后（2014 年 7 月）

她眯起眼睛，直到电视屏幕变成一个绿色的长方形，边缘溢出光亮。你要睡着了吗？他问。她顿了一下，说：没有啊。他点点头，眼睛仍然盯着比赛。他喝了一小口可乐，还没化的冰块在玻璃杯中发出轻响。她的四肢摊在床垫上，沉甸甸的。此刻她正躺在福克斯菲尔德小区康奈尔家的房间里，看世界杯半决赛，荷兰对哥斯达黎加。他的房间和中学那会儿一模一样，不过墙上那张斯蒂芬·杰拉德[①]的海报有一角松了，向内卷了起来。其他一切还是老样子：灯罩，绿色窗帘，甚至包括带条纹边的枕套。

中场休息时我可以送你回家，他说。

她沉默了一秒。她闭上眼睛，又睁开，睁得更大些，这样才能看见球员在球场上跑来跑去。

我打扰到你了吗？她问。

没有，一点都没有。只是你看起来有点困。

我能喝点你的可乐吗？

他把玻璃杯递给她，她坐起来喝可乐，感觉自己像个孩子。她的口很干，饮料很凉，在舌头上一点味道都没有。她又喝了两大口，然后把杯子还给他，用手背擦了擦嘴。他接过杯子，眼睛

---

① 斯蒂芬·杰拉德，英格兰足球明星，前英格兰国家队队长，2014年世界杯结束后退役。

始终盯着电视。

你很渴啊？他说，你要是想喝的话，楼下冰箱里还有。

她摇摇头，重新躺下来，双手在颈后交叉。

你昨晚去哪儿了？她问。

哦。不记得了，我在吸烟区待了一会儿。

你最后亲到那个女孩儿了吗？

没有，他说。

玛丽安闭上双眼，拿手给脸扇风。我真的好热，她说，你觉得这里热吗？

你可以把窗户打开。

她蠕动着下了床，去摸窗户的把手，全程几乎没有坐起来。她停了一下，想观察康奈尔愿不愿意来帮她开。他今年夏天在大学图书馆打工，但自从她回家后他每个周末都会回卡里克里。他们开他的车到处走，去斯特兰希尔沙滩，或者去格伦卡尔瀑布。康奈尔经常咬指甲，不怎么说话。上个月她说他要是不想回的话，不必为了看她而回来。他不带感情色彩地说：这其实是我唯一期待的事了。这会儿，她坐了起来，自己打开了窗户。天已经暗了下来，但外面的空气还带着暖意，凝滞不动。

她叫什么名字来着？她问，酒吧那个女孩。

尼亚芙·基南。

她喜欢你。

我觉得跟她没什么共同的兴趣爱好，他说，说起来，埃里克昨晚在找你，你见到他了吗？

玛丽安双腿盘坐在床上，面朝康奈尔。他靠坐在床头，手扶着胸上放的可乐。

嗯，见到了，她说，挺奇怪的。

怎么了，发生什么了？

他喝得烂醉，我也不知道。不知为什么他好像要向我道歉，为从前在学校那样对我。

真的吗？康奈尔说，那的确有点奇怪。

他回头看向屏幕，她借机放肆地研究他的面部细节。他大概注意到她在干什么了，但出于礼貌，什么都没说。床头灯把光线温柔地洒在他的五官上：他好看的颧骨，略微专注时皱起的眉毛，上唇上方微微闪光的薄汗。端详康奈尔的脸总会给玛丽安带来一种特别的愉悦，它还可以根据其他任何感受而发生变化，取决于当时对话和情绪的细微互动。他的外貌像一首她钟爱的歌，每一次听都略有不同。

他还提了下罗布，她说，他说罗布要是还在的话也会想跟我道歉的。我是说，我不知道罗布是不是跟他说过这件事，还是说埃里克只是把自己的心理投射到了罗布身上。

老实说，我觉得罗布肯定也想道歉的。

哦，我不愿意这么想。我不想让他为这个内疚。我从没记恨过他，真的。你知道的，没什么大不了的，我们那时都还小。

这不是什么小事，康奈尔说，他欺负过你。

玛丽安没说话。他们的确欺负过她。埃里克曾当着所有人的面叫她“平胸”，而罗布一面笑一面宿到埃里克耳边说悄悄话，要么附和她的确是平胸，要么添油加醋补充一些不堪入耳的话。一月的葬礼上，人人都在说罗布有多好，是多么充满活力，多么孝顺等等。但他也是个非常缺乏安全感的人，为了受欢迎而鬼迷心窍，因为绝望而不择手段。玛丽安再次意识到暴行不仅会伤害受害者，也会伤害施害者，或许对施害者伤得更深、更持久。一个被欺凌的人不会对自我产生什么深刻的了解；但欺凌他人会让你领会到某种无法磨灭的东西。

葬礼结束后，她晚上经常浏览罗布的 Facebook 页面。很多中学同学在他的主页墙上留言，说很想念他。这些人在干吗？玛丽安心想，为什么要在一个死人的 Facebook 主页墙上留言？这些留言除了向天下昭告自己失去了友人，究竟对谁有什么意义？当这些留言作为动态出现在时间轴上时，究竟该如何反应才算得体？去点赞以示安慰？还是滑动页面去找更好看的内容？不过那会儿玛丽安无论看什么都生气。现在回想起来，她不明白自己为什么会对此光火。这些人什么都没做错。他们只是在哀悼罢了。诚然，在罗布的 Facebook 主页墙上留言没什么意义，但干别的事也同样没有意义。如果人们悲伤时会做一些没意义的事，那只是因为人的生命没有任何意义，这才是悲伤呈现出的真相。她希望自己在罗布去世前已经原谅了他，哪怕这对他已经毫无意义。如今，每当她想起他，她总是看不见他的脸，他要么转过身去，要么站在他的储物柜门后，要么在他车里，隔着紧闭的汽车车窗。你是谁？她心想。可现在没人能回答这个问题了。

你接受他的道歉了吗？康奈尔说。

她点点头，低头看着手指甲。我当然接受了，她说，我不是那种记旧账的人。

幸好你不是，他回答说。

中场休息的哨声响了，球员们转过身去，低着头，慢慢穿过球场。还是零比零。她拿手指擦了擦鼻子。康奈尔笔直地坐起来，把玻璃杯放在床头柜上。她以为他又要提出送她回家，但他却问：你想吃冰激凌吗？她说想吃。我去去就回，他说。他出去时没带上卧室门。

玛丽安最近住在家里，这是中学毕业后头一回。白天，她母亲和哥哥上班，她无事可做，坐在花园里看昆虫在土壤间蠕动。在屋里，她泡咖啡、扫地板、擦家具表面。她家如今再也回不到真正干净的状态了，洛兰在酒店找了份全职工作，他们没找人接替她。没有洛兰的家住起来不舒服。有时玛丽安会一天来回都柏林，和乔安娜裸露着手臂逛休雷恩美术馆，一瓶接一瓶地喝水。乔安娜的女朋友伊芙琳要是没在上学或上班也会跟着一起来，她总是对玛丽安体贴入微，想了解她的生活。玛丽安为乔安娜和伊芙琳感到开心，觉得自己很幸运，能看到她们在一起，哪怕只是听见乔安娜打电话时高兴地对伊芙琳说：好，爱你，待会儿见。这为玛丽安打开了一扇窗户，通往真正的幸福，尽管这扇窗她自己打不开也爬不过去。

有一周，她们几个加上康奈尔和尼尔去抗议加沙战争[①]。活动地点聚集了上千人，大家带着标语、扩音器和横幅。玛丽安希望自己的生命是有意义的，希望自己能停止所有以强欺弱的暴力行为，她记得几年前曾感觉自己那么聪明、年轻、有力，几乎可以达成这件事，而现在她知道自己非常无力，她活在一个滥杀无辜的世界，也将在这里死去，她至多只能帮几个人。接受自己只能帮几个人这个事实很难，仿佛她宁肯谁都帮不了，也不想去做一件这么渺小和卑微的事，尽管她其实不是这样想的。抗议很吵，节奏缓慢，很多人在打鼓、齐声喊口号，音响系统噼噼啪啪，时好时坏。他们游行着穿过奥康奈尔桥，利菲河在脚下缓缓流动。天气很热，玛丽安的肩膀被晒红了。

那天傍晚，虽然她说要去赶火车，康奈尔还是开车载她回了卡里克里。到家时两人都累坏了。开过朗福德时，他们没关收音机，电台里在放白色谎言乐队的一首歌，是他们上中学时很火的歌，康奈尔既没碰旋钮，也没有提高音量去盖过收音机的声音，说：你知道吗，我爱你。他别的什么也没说。她说她也爱他，他点点头，继续开着车，仿佛什么都没发生，某种意义上，的确什么都没发生。

玛丽安的哥哥在郡议会上班。他傍晚回到家，就在屋里悄无声息地搜寻她。她在房间里就听出来是他，因为他在家里也总穿着鞋。他要是没在客厅或厨房找到她就会来敲她卧室门。我就想

---

① 2014年7月8日，以色列对巴勒斯坦统治的加沙地带发起军事行动，全球各大城市的人们走上街头，抗议以色列的行径，呼吁和平。

跟你说说话，他说，你为什么表现得像你怕我一样？我们就不能聊一会儿吗？她于是不得不来开门，他想回顾他们前一天晚上吵的架，她说她很累了，想睡觉，但她要是不为之前的吵架道歉他就不走，于是她只好道歉，然后他说：你觉得我是个烂人。她不知道他说的对不对。他说，我想好好跟你相处，可你从来不接受我的好意。她觉得这不是事实，但他大概就是这么想的。大多数时候他们的交流不会比这更糟，但就是一直都是这样，除此以外没有别的互动，而她在冗长空虚的工作日里擦家具表面，在水槽里把海绵拧干。

康奈尔回到楼上，抛给她一支冰棒，塑料包装纸亮闪闪的。她双手接住，拿它去贴脸颊，凉意甜蜜地扩散开来。他靠着床头坐下，开始撕他那支的包装。

你在都柏林见到过佩吉吗？或者别的人，她问。

他停下来，塑料纸在手指下噼啪作响。没见过，他说，我以为你跟他们绝交了，不是吗？

我只是想问问他们有没有跟你说过什么。

没有。就算他们来找我，我跟他们也没什么好说的。

她撕开塑料包装，抽出冰棒，橙子加香草奶油口味的。没有味道的冰碴粘在她的舌上。

不过我听说杰米不太高兴，康奈尔说。

我知道他传过一些关于我的话，挺难听的。

对。当然了，我没跟他直接说过话。不过他的确说了些东西，我有印象。

玛丽安扬起眉毛，仿佛觉得这很有趣。第一次听说关于她的流言时，她觉得这一点都不好笑。她会反复问乔安娜：谁在传，说了什么。乔安娜不肯告诉她，说反正过不了几周大家就会去传别的流言了。那些人对性的态度其实非常幼稚，乔安娜说，他们对你的性生活的痴迷程度，恐怕比你实际干过的事还要疯狂。玛丽安甚至去找卢卡斯，让他把拍她的所有照片删掉，不过他从没传到网上去。羞辱像裹尸布一般将她包裹。透过它她几乎什么都看不到。它挡住她的呼吸，扎着她的皮肤。仿佛她的人生都结束了。这种感觉持续了多久？两周，还是更久？然后就过去了，青春里短暂的一章就此结束，她幸存了下来，她做到了。

你从没跟我讲过这些，她对康奈尔说。

嗯，我听说杰米在你跟他分手后很不爽，到处说你坏话。但其实那连八卦都算不上，有些男的就是会这么干。我觉得没人真的在乎他说的。

我认为这是个名誉损害的问题。

那为什么杰米的名誉没有受到损害？康奈尔问，是他在对你做这些事。

她抬起头，康奈尔的冰棒已经吃完了。他用手指摆弄着那根干木棍。她的冰棒还剩一点点，她已经把它舔到只剩一小坨滑溜溜的香草冰激凌，在床头灯下闪闪发亮。

对男人来说不一样，她说。

嗯，我也意识到了。

玛丽安把冰棍舔得干干净净，仔细盯着它看了看。康奈尔沉默了几秒，然后鼓起勇气说：我很高兴埃里克向你道了歉。

是啊，她说，自我回来后，中学那帮人对我其实挺好的。虽然我从来没去主动找过他们。

你应该去啊。

为什么，你觉得我不领情吗？

没有，我只是觉得你多半有点孤独，他说。

她停下来，冰棍夹在食指和中指之间。

我习惯了，她说，我一路都是这么一个人，真的。

康奈尔点点头，眉头紧锁。对，他说，我懂你意思。

你和海伦在一起时不孤独吗？

我也不知道。有时候会。跟她在一起我有时会有点不自在。

玛丽安平躺下来，头放在枕头上，光溜溜的大腿在被子上伸直。她抬头看向天花板上的灯，它还和几年前一样，锈绿色的灯罩。

康奈尔，她说，你记得我们昨晚跳舞那会儿吗？

嗯。

一时间她只想这么躺着，延长这段紧张的沉默，双眼盯着灯罩，享受着再次和他待在这个房间，强迫他跟自己说话的感觉，但时间不会停止。

怎么了？他问。

我当时做什么事情惹你生气了吗？

没有啊。你为什么这么问？

你一走了之，把我晾在原地，她说，我有点尴尬。我以为你大概是去找那个叫尼亚芙的姑娘了，所以我才问起她。我不知道。

我没有一走了之。我问你想不想去抽烟区，你说你不想去。

她用手肘撑起上身，看着他。他满脸通红，连耳朵都红了。

你没有问我，她说，你就说了一句，我要去抽烟区了，然后你就走了。

没有，我问你想不想跟我去抽烟区，然后你摇了摇头。

可能我没听清。

你肯定是没听清，他说，我跟你说了的，我记得很清楚。不过老实说音乐的确很吵。

他们又沉默下来。玛丽安重新躺下来，抬头看着灯，感觉脸很烫。

我以为你生我气了，她说。

好吧，对不起。但我没生你气。

过了一会儿，他说：我觉得要不是因为有些事情……某种程度上，我们会更容易做朋友的。

她抬起手，覆在额头上。他没有继续说下去。

要不是因为什么事情？她问。

我也不知道。

她能听见他的呼吸声。她觉得他已经被她逼入死角，她不愿再进一步逼他了。

你知道，我也不打算骗你，我的确被你吸引，他说，我不想给自己找借口，我只是觉得，要不是因为这个，我们的关系可能不会这么让我困惑。

她把手移到肋骨上，感觉到她的膈膜在慢慢扩张。

你觉得我们要是从没在一起过会更好吗？她问。

我不知道。对我来说，这样的人生很难想象。好比说，我不知道当初要是没跟你在一起，我会去哪所大学，我现在会在哪儿。

她停下来，让这个念头在脑海中滚动，手平摊在腹部上。

因为喜欢一个人而作出某些决定真的很奇妙，他说，之后你整个人生都变了。我觉得我们现在这个年纪很奇怪，人生会因为很小的决定而发生很大的变化。但整体来说你带给我的都是很好的影响，我现在肯定比从前有进步了，我觉得。多亏了你。

她躺在原地呼吸。她的眼睛烧得慌，但她没有拿手去摸它们。

我们大一在一起时，你孤独吗？她问。

不孤独。你呢？

我也不。我有时很沮丧，但不孤独。跟你在一起时我从没感到孤独。

是啊，他说，说实话，那会儿算得上我人生中最完美的一段时光。我觉得在那之前我从没有真正快乐过。

她用手紧紧按住腹部，把体内的气全部按出去，然后又吸气。

我昨晚真的很想让你亲我，她说。

哦。

她的胸部缓慢地充气、放气。

我也很想，他说，看来我们误会彼此了。

嗯，没关系。

他清了清喉咙。

我不知道对我们而言怎样才是最好的，他说，当然了，听你这么说我很高兴。但与此同时，我们之间经历了这么多，都是以失败告终。你知道，你是我最好的朋友，我不想因为任何理由失去你。

当然了，我懂你意思。

她的眼睛湿了，她只好去揉，免得泪水流下来。

我能考虑考虑吗？他问。

当然了。

你不要觉得我不懂得珍惜。

她点点头，拿手指擦了擦鼻子。她不知道能不能侧过身去，面对窗户，这样他就没法看到她。

你一直都很支持我，他说，不管是抑郁症还是别的事，我不想老提它，但你真的帮了我很多。

你什么也不欠我的。

嗯，我知道。我不是这个意思。

她坐了起来，把脚甩下床，脸埋在手里。

我又要焦虑了，他说，你别认为我是在拒绝你啊。

你不要焦虑。没事。你不介意的话，我还是回家算了。

我送你。

你会错过下半场的，她说，我走路就好，没关系。

她开始穿鞋。

说实话，我都忘了有比赛了，他说。

但他既没有起身也没有去找车钥匙。她站起身来，把裙子往下抚平。他坐在床上观察她，脸上带着专注、近乎紧张的神情。

好吧，她说，再见。

他向她伸出手来，她不假思索地把手递给他。他握了一会儿她的手，用大拇指摩挲着她的指关节。然后他把她的手举到嘴边，亲了一下。她感受到他对她的掌控力令人愉悦地压在她身上，感受到她渴望取悦他的忘我欲望。好舒服，她说。他点点头。她感到体内涌起一股微疼的快感，分布在她的盆骨和背部。

我只是有点紧张，他说，很明显我不想让你走。

她很小声地说：我看不出你想要什么。

他站起身，来到她面前。她像一只受驯的动物，一动不动地站着，每一根神经都绷得竖起来。她好想大声哭出来。他把双手放在她的髋上，她张着嘴，等他亲了上去。这种感觉太强烈了，她感到眩晕。

我好想要你这样，她说。

很高兴听你这么说。我把电视关了行吗？

她爬上床，等他把电视关掉。他在她身边坐下，他们再次开始接吻。他的抚摸有催眠效果。一种舒适的钝感席卷了她，她渴望把衣服脱光。她在被子上躺下，他伏在她身上。一晃好多年了。她感到他的阴茎紧紧地抵在她的髋上，她的欲望强烈得让她战栗。

嗯，他说，我很想你。

跟别人做不是这种感觉。

别人远没有我喜欢你。

他又吻了她一次，她感觉到他的手在她身上移动。她就像一个他可以伸手进入的深渊，一个他可以填充的空洞。她不假思索地开始脱衣服，与此同时听见他解皮带的声音。时间是如此伸缩自如，仿佛在声音和动作之下延展。她面朝下趴在床上，脸埋在床垫里，他抚摸着她的大腿后侧。她的身体不过是一件财产，它一直被四处转让，被人以各种方式胡乱使用，然而它似乎从来都属于他，现在她觉得自己终于物归原主。

我其实没有避孕套，他说。

没关系，我吃了避孕药的。

他抚摸着她的头发。她感觉到他的指尖拂过她的颈背。

你喜欢这样吗？他问。

你想怎么样都可以。

他爬到她身上，一手撑在她脸侧的床垫上，另一手穿过她发间。

我很久没这样做了，他说。

没事。

当他进入她时，她听见自己发出一声又一声的喊叫，声音听起来很陌生，充满强烈的情感。她想抓住他，却没法这样做，感觉到自己的右手徒劳地钳着被子。他弯下腰，脸凑近她的耳朵。

玛丽安？他问，我们下周还有以后能再来一次吗？

你什么时候想要都可以。

他握住她的头发，没有扯它，只是握在手里。什么时候都可以？真的吗？他问。

你想对我做什么都可以。

他的喉咙发出一点声音，他的身体更紧地抵在她身上。真好，他说。

她的声音听起来很粗哑。你喜欢听我这么说？

嗯，很喜欢。

你能跟我说我属于你吗？

什么意思？他问。

她一言不发，只是对着被子粗重地呼气，然后感觉到呼出的气反扑到脸上。康奈尔停了下来，等她回答。

你能打我吗？她问。

有几秒钟她什么都听不见，甚至听不见他的呼吸。

不，他说，我觉得我不想那样。抱歉。

她一言不发。

可以吗？他问。

她还是一言不发。

你想停下来吗？他问。

她点点头。她感觉到他的体重从她身上移开。她再次感到空虚，并且突然觉得有点凉。他坐在床上，拉过被子盖在身上。她面朝下趴在原地，一动不动，想不出她该怎么动。

你还好吗？他问，抱歉，我不想那样做，我觉得那样会有点怪。不是怪，而是……我不知道。我觉得那样不好。

她这样平躺着胸很疼，脸也很痒。

你觉得我很怪吗？她问。

我没这么说。我只是说，你知道，我不希望我们的关系变得怪怪的。

她觉得身体烫得不行，一种酸楚的高温传遍她的肌肤和眼睛。她坐起来，面向窗户，把脸上的头发拨开。

我要回家了，可以吧，她说。

好吧。要是你想回的话。

她找到自己的衣服开始往身上套。他也开始穿衣服，说至少让他送她回家，而她说想走走路。于是演变成一场滑稽的竞赛，比谁穿得更快，而她因为开始得早，所以先穿完，跑下楼梯。他赶到楼梯平台时，她已经把前门在身后关上了。她站在街上，觉得自己像个任性的孩子，趁他还在往下冲的时候，当着他的面摔门而出。某种东西向她袭来，她不知道究竟是什么。它让她想起在瑞典时的感受，一种虚无感，仿佛她的体内没有生命。她痛恨如今的自己，却无力改变。就连康奈尔都觉得她恶心了，她已经超出了他能容忍的底线。中学时他们住在同一个地方，都感到彷徨，都在因某种原因而挣扎，自那以后她一直认为，如果他们能一起回到那个地方，那么一切就会和从前一样。如今她明白，在中间这些年里，康奈尔一直在慢慢适应这个世界，过程稳定，哪怕有时会让他痛苦，而她却在不断退化，越来越不健全，最后堕落到面目全非，以至他们之间不再有任何相似之处。

她开门进屋时已经过了十点。她母亲的车不在私人车道上，玄关里很凉爽，听起来空荡荡的。她脱掉凉鞋，放在鞋架上，把手提包挂上衣帽钩，手指穿过发间。

玄关的另一头，艾伦从厨房里出来，手里拿着一瓶啤酒。

你他妈跑哪儿去了？他问。

康奈尔家。

他来到楼梯前，手提着啤酒瓶，在身侧摆来摆去。

你不该去他家，他说。

她耸耸肩。她知道一场冲突即将到来，而她无能为力。它正从各个方向朝她袭来，她无计可施、无处可躲。

我以为你喜欢他的，玛丽安说，中学那会儿你是喜欢他的。

但我那会儿怎么知道他脑子有问题？他在吃药治病，你不知道吗？

我觉得他现在状态不错。

他干吗老围着你转，嗯？艾伦问。

我想你得去问他。

她想上楼梯，但艾伦把空出来的手搭在了栏杆上。

我不想让镇上的人说那个窝囊废在上我妹，艾伦说。

我可以上楼了吗？

艾伦紧紧地抓着啤酒瓶。我不希望你再跟他走那么近，他说，我警告你。镇上的人都在谈论你。

我要是在乎别人怎么看我，我简直想不出我该怎么活了。

她还没反应过来究竟发生了什么，艾伦便抡起胳膊，把瓶子朝她扔过来。啤酒瓶砸在她身后的地板上，碎了。某种程度上，她知道他不是真的要打她；他们之间就隔了几英尺，但啤酒瓶彻底偏了。尽管如此，她还是越过他，飞奔着上楼。她感到身体飞快地穿过屋内凉爽的空气。他转身跟着她跑，但她已经进了她的卧室，用力拿身子抵住门，他没赶上。他试图扳门把手，她不得不用力握住它，以防它被转开。于是他从外面踢门。她的体内充斥着肾上腺素。

你这个怪胎！艾伦说，你他妈的把门打开，我刚才什么都没干！

她拿前额顶住木门平滑的纹路，大声喊道：求求你，放过我吧。你去睡觉好不好？我会把楼下打扫干净的，我不会跟丹尼丝说。

把门打开，他说。

玛丽安把全身重量都压在门上，双手紧紧抓住把手，双目紧闭。自打孩提时代起，她的人生就不正常，她知道。但如今很多事都被时间所覆盖，就像叶子落下，盖住一方土壤，最终和泥土混在一起。她那时的遭遇已经埋入她身体的泥土中。她想做一个好人。然而内心深处她知道自己是个坏人，一个堕落的、错误的人，尽管她那么努力地去做对的事、树立正确的观点、说对的话，但这只是掩盖了她内心埋藏的东西，那个邪恶的自己。

她突然感觉手下的门把手开始滑动，她还没来得及从门后闪开，它就砰的一声打开了。它挨上她的脸时她听到咔嚓一声，然后大脑内部产生一种奇怪的感觉。她往后退去，与此同时艾伦走进房间。她听到嗡鸣，但与其说那是一种声音，不如说是一种生理上的感觉，仿佛她的颅骨内部某处有两片想象出来的金属盘子在相互摩擦。她鼻子里有东西流了出来。她知道艾伦在房间里。

她拿手去碰脸。鼻子里的东西流得挺厉害。她把手拿开，发现手指上沾满了血，很温暖，湿湿的。艾伦在说什么。血肯定流得满脸都是了。她的视野沿着对角线来回晃动，嗡鸣的感觉似乎更强烈了。

你现在还要怪我吗？艾伦问。

她又拿手摸了摸鼻子。血正飞快地在她脸上流淌，快得连手指都止不住。她感觉到它沿着嘴，沿着下巴流下。她看见它大滴大滴地落在脚下蓝色毯子的纤维上。

五分钟后（2014 年 7 月）

他从厨房冰箱里拿出一罐啤酒，在桌边坐下把它打开。一分钟后，前门开了，他听见洛兰的钥匙晃动有声。嗨，他说道，嗓门大小刚好能让她听见。她走进来，关上厨房门。她的鞋踩在油地毡上，听起来黏黏的，像咂吧嘴时发出的湿嗒嗒的声音。他注意到头顶上的灯罩上停了只大蛾子，一动不动。洛兰把手轻轻放在他头上。

玛丽安回家了吗？洛兰问。

嗯。

比赛怎么样了？

我不知道，他说，好像进点球决胜了。

洛兰把椅子拉开，在他身边坐下。她开始取头上的发夹，把它们摆在桌面上。他喝了口啤酒，在嘴里温了温，然后吞了下去。蛾子在头顶扇动翅膀。厨房水槽上的卷帘是拉起来的，他看得见外面夜空下树木淡淡的黑色剪影。

我过得很好，谢谢你关心，洛兰说。

抱歉。

你看起来很失落。发生什么事了吗？

他摇摇头。上周见伊冯娜时，她说他在“进步”。心理咨询人士总是用这种很卫生的词，它们像擦得干干净净的白板，没有褒贬色彩，没有性别。她问起他的“归属感”。你说过感觉自己被困在两个地方之间，对家没有归属感，在这边也无法融入，她说，你现在还有这种感受吗？他只是耸耸肩。反正药物正在他的大脑内进行化学反应，无论他做什么、说什么。他每天早上起床、洗澡，去图书馆学习，他不怎么想象自己跳下大桥了。他服着药，生活继续。

洛兰把发夹在桌上摆好，开始用手指把头发理松。

你听说艾萨·格利森怀孕了吗？她问。

嗯，听说了。

你的老朋友。

他拿起那罐啤酒，在手里掂量它。艾萨是他的第一个女朋友，第一个前女友。分手后她经常晚上给他家打电话，都是洛兰接的。楼上卧室里，躲在被子下的康奈尔能听见洛兰的声音说：不好意思，亲爱的，他现在没法来接电话。你要不在学校跟他说？他们在一起时她还戴着牙套，现在应该不戴了。啊，艾萨。和她在一起时他很害羞。她经常做一些蠢事来让他吃醋，但会表现得很无辜，仿佛他俩都不知道她究竟在干什么一样：或许她真的以为他看不出来，或许她自己看不出来。他很讨厌这点。他对她越来越疏远，直到有一天他给她发短信，说他再也不想当她男朋友了。他已经好多年没见她了。

我不知道她为什么要把那孩子生下来，他说，你觉得她是那种反堕胎的人吗？

哦，所以女人生孩子都是因为这个，是吗？因为她们政治观念落后？

因为我听说她没和孩子的父亲在一起。我都不知道她有没有工作。

我怀你的时候也没工作，洛兰说。

他盯着啤酒罐上繁复的白红双色字体，“B”字母的顶部绕了个圈，又向内勾了回来。

你不后悔吗？他问，我知道你肯定会顾忌我的感受，但是说实话，你觉得你要是没有小孩会过得更好吗？

洛兰转过来盯着他，表情凝滞。

哦，天哪，她说，你为什么这么问？玛丽安怀孕了吗？

哈？没有。

她笑了，手按住胸骨。那就好，她说，上帝啊。

我是说，我觉得她没有，他补充道，不过就算她怀了跟我也没有任何关系。

他母亲顿了顿，手仍然放在胸口，然后很婉转地说：好吧，这不归我管。

什么意思，你觉得我在撒谎吗？我们之间什么都没发生，相信我。

洛兰沉默了几秒。他喝了几口啤酒，把罐子重新放在桌上。洛兰以为他和玛丽安在交往，这让他很恼火，因为他们这几年来最亲近的一次就是今晚刚才那会儿，结果却以他独自在房中哭泣而告终。

所以你每周末回来就是看望你亲爱的母亲喽，对不对？她问。

他耸了耸肩。你要是不想我回来我就不回了，他说。

少来了。

她起身去灌水壶。他漫不经心地看着她把茶包放进她最喜欢的杯子里，然后他又揉了揉眼睛。他觉得他毁掉了所有喜欢过他的人的生活，哪怕他们只有一丁点喜欢他。

四月时，康奈尔给萨迪·达西-奥谢发了他的一个短篇小说，他所有作品里唯一一个真正完成了的故事。她不到一小时就给他发邮件：

康奈尔，这个简直太好了！求求你让我们发表它！爱你。

读到这条信息时，他全身的脉搏都剧烈跳动了，发出像机器一样刺耳的响声。他只好躺下来，盯着白色的天花板。萨迪是校文学杂志的编辑。最后，他坐起来，回复道：

很高兴你喜欢这个故事，但我觉得它还没有好到可以发表，还是谢谢你。

萨迪立刻回复：

拜托了？爱你。

康奈尔的身体像传送带一样砰砰直响。从来还没有人读过他的作品。这是一种全新的体验。他在房间里踱了一会儿步，按摩着自己的脖子。然后他回复道：

> 要不这样，你让我用笔名发表这个故事。你还得保证不跟任何人讲它是谁写的，跟编辑部其他人也不能说。可以吗？

萨迪回复：

> 哈哈，好神秘，我喜欢！谢谢你亲爱的！我永远守口如瓶。爱你。

他的故事一字未动地发表在杂志的五月刊上。印发的那天早上，他在艺术楼里找到一本杂志，直接翻到登他小说的那页，笔名是康纳·麦克里迪。这听起来都不像人名，他心想。艺术楼里，他周围的人成排走进教室上早上的课，手里拿着咖啡，聊着天。文章第一页康奈尔就注意到两处错误。他不得不把杂志合上，深呼吸了几秒。学生和教员继续从他身边走过，对他的煎熬浑然不觉。他重新翻开杂志，继续往下读。又是一处错误。他想爬到一棵植物底下，钻进土里。到此为止吧，他再也不要经历出版的折磨了。由于没人知道他写了这个故事，他甚至无法得到别人的反馈，也没听到任何人评价这个故事的好坏。他渐渐认为它之所以能发表，是因为出刊日期要到了，而萨迪还缺稿子。总体来说，这次经历带给他的痛苦远大于快乐。尽管如此，他还是拿了两本杂志，一本放在都柏林，另一本放在他老家的床垫下。

玛丽安怎么这么早就回家了？洛兰问。

我不知道。

所以你情绪才不好吗？

这是什么意思？他问，你是说我在想念她吗？

洛兰摊开双手，像在说她不知道，然后重新坐下来，等水烧开。他现在恼羞成怒。他和玛丽安之间无论发生什么都从没有过好结果。它永远只会给所有人带来困惑和痛苦。他不管做什么都帮不了玛丽安。她身上有让人害怕的地方，在她的灵魂深处有某种巨大的虚无。就好像你在等电梯，结果门打开时里面空荡荡，只有漆黑的电梯通道，永无尽头。她缺少某种原始本能，那种自卫或自我保护的本能，而其他人的行为都可以通过这种本能得以解释。当你向她凑近，以为会遇到某种阻力时，结果一切却在你面前崩塌了。哪怕如此，他仍然愿意投降，为她而死，无论何时何地，对此他很清楚，也只有这让他觉得自己是个有价值的人。

今晚发生的一切是无法避免的。他知道他可以怎么跟伊冯娜、尼尔或是别的虚构对象描述今晚的事：玛丽安是个受虐狂，康奈尔是个不愿打女人的好人。毕竟表面上的确是这么回事。她让他打她，他说他不想打她，于是她不想做爱了。明明在事实上是准确的，那为什么这么说又像是在撒谎呢？这个故事究竟少了什么，以至于无法解释他们到底为什么这么难受呢？他知道，这和他们的过去有关。自中学起他就知道自己能掌控她。她会对他的神情或触碰作出反应。她的脸会变红，她会静下来，仿佛在等待他的一声令下。她在别人面前似乎无懈可击，而他却能毫不费力地独裁她。他始终无法接受自己控制她的能力，仿佛那是一把钥匙，能打开一栋空宅，以备不时之需。事实上他培养了自己控制她的能力，他很清楚。

那么他们之间还剩下什么？他们似乎没法再这么模棱两可下去了。他们之间发生了太多的事。那么一切都结束了吗，他们对彼此来说什么都不是了吗？什么叫“对她而言什么都不是”？他可以避开她，但只要他一见到她，哪怕只是在教学楼外对视一眼，他们的目光都不可能不带感情。他永远不想看到这样的事发生。他曾经真心希望自己去死，但他从未真心希望玛丽安忘记他。这是他唯一想要保护的自己，它存在于她体内。

壶里的水开始沸腾。洛兰把桌上一排发夹扫到手心，一把抓起，放进衣兜里。然后她起身给茶杯沏上水，加了牛奶，把牛奶瓶放回冰箱里。他看着她。

好吧，她说，该睡了。

好，晚安。

他听见她的手碰到他身后那扇门的把手，但没开门。他转过身，发现她还站在那儿，看着他。

顺便告诉你，我不后悔，她说，我不后悔生下你。这是我这辈子做过的最好的决定。你是我最爱的人，我为有你这个儿子感到骄傲。我希望你知道这点。

他回望她。他飞快地清了清喉咙。

我也爱你，他说。

晚安。

她把门在身后关上。他听见她上了楼梯。几分钟后，他起身把剩下的那点啤酒倒进水槽，把罐子轻轻放进回收箱里。

他放在桌上的手机响了起来。手机设了振动模式，正在桌面上一边振动一边平移，屏幕反着光。它快从桌沿掉下去时，他拿了起来，发现是玛丽安。他愣住了，看着屏幕。最后他划开接听按钮。

玛丽安，他说。

他听见她在电话那头喘粗气。他问她怎么了。

我真的很抱歉，她说，我觉得自己很蠢。

电话里她听起来瓮声瓮气的，像得了感冒，或者嘴里含了东西。康奈尔咽了一下口水，走到厨房窗边。

是为刚才发生的事吗？他问，我也在想那个。

不，不是那个。真的很蠢。我刚才绊倒了，受了点轻伤。很抱歉打扰你。真的没事。我只是不知道该怎么办。

他把手放在水槽上。

你在哪儿？他问。

在家里。不是很严重，就是有点疼，没别的。我其实不知道为什么要给你打电话。对不起。

要不要我过来找你？

她顿了一下，然后低声说：好的，麻烦你了。

我马上就来，他说，现在就去开车，好吗？

他歪着头用肩膀夹住手机，在桌子下够到左脚的鞋穿上。

你真好，玛丽安在他耳边说。

我几分钟后就到。现在就要出门了，待会儿见。

他走出门，上车发动了引擎。收音机响了起来，他一掌把它关掉。他的呼吸不太正常。他只喝了一罐啤酒，却有点恍惚，不够警觉，或者太警觉，高度紧张。车里太安静了，但他又受不了收音机的声音。放在方向盘上的手感觉湿湿的。他朝左拐进玛丽安家所在的街，看见她卧室窗户里的灯亮着。他开了信号灯，把车停在空空的停车道上。他下车后把门关上，关门的声音回响在石头外墙上。

他按了门铃，门几乎立刻就开了。玛丽安站在门后，右手搭在门框上，左手拿着一团揉皱的纸捂着脸。她的眼睛很肿，似乎刚哭过。康奈尔注意到她的 T 恤、短裙和左手腕上都沾了血。周遭一切在他的视野里忽大忽小，仿佛有人抓起这个世界后剧烈晃动它。

发生了什么？他问。

他听见她身后有人咚咚地从楼梯上下来。康奈尔看到玛丽安的哥哥出现在楼梯底部，他觉得自己仿佛在透过天文望远镜看眼前的场景。

你身上怎么有血？康奈尔问。

我觉得我鼻子骨折了，她说。

是谁？艾伦在她身后问，谁在门口？

要去医院吗？康奈尔问。

她摇摇头，说这种情况不需要看急救，她在网上查过了。要是明天鼻子还痛，她可以再去见医生。康奈尔点点头。

是他吗？康奈尔问。

她点点头。她的眼神充满了惊恐。

到车上去，康奈尔说。

她看着他，双手一动不动。她还用纸巾捂着脸。他摇了摇车钥匙。

走，他说。

她把手从门上拿下来，摊开掌心。他把钥匙放进她手里，她一面看着他，一面向外走去。

你去哪儿？艾伦问。

康奈尔站在刚进门的地方。他看着玛丽安上了车，停车道笼罩在一团彩色的薄雾中。

怎么回事？艾伦问。

确认她安全上车后，康奈尔关上前门，和艾伦独处一室。

你在干吗？艾伦问。

康奈尔的视线更模糊了，他看不出艾伦是生气还是害怕。

我有事要跟你说，康奈尔说。

他的视野在剧烈晃动，他意识到自己需要手扶着门才能站直。

我什么也没干，艾伦说。

康奈尔向艾伦走去，直到艾伦把背都抵到楼梯扶手上。他现在看上去更小了，一脸恐惧。他呼叫着他母亲的名字，头转得脖子都快扭断了，但楼梯上没人出现。康奈尔的脸被汗打湿了。艾伦的脸在他眼中变成一组彩色斑点。

你要是再碰玛丽安一下，我就杀了你，他说，听见了吗？就这么简单。你要是敢再对她出言不逊，我就亲自过来杀你，就这样。

尽管康奈尔看不清也听不大清，但他觉得艾伦好像哭了起来。

你听明白了吗？康奈尔说，说明白还是不明白。

艾伦说：明白了。

康奈尔转过身，从前门走了出去，把它在身后关上。

玛丽安静静地在车里等他，一手捂着脸，一手软软地摊在大腿上。康奈尔坐上驾驶座，用袖子擦了擦嘴。他们被一起密封在车内完整的寂静里。他看着她。她的身体朝着大腿微微躬起，似乎是因为疼。

很抱歉打扰你，她说，对不起。我不知道该怎么办。

别道歉。幸好你给我打了电话。知道吗？看我一眼。再也没人能那样伤害你了。

她隔着一层白色纸巾看着他，刹那间他再次感觉到自己对她的掌控力，看见她毫无掩饰的眼神。

一切都会好起来的，他说，相信我。我爱你，我再也不会让这种事发生在你身上了。

她和他对视了一两秒，随即闭上双眼。她靠在副驾座的椅背上，头靠着头枕，手上还抓着脸上那张纸巾。在他看来这表达出一种极度的疲倦，或者解脱。

谢谢你，她说。

他启动汽车，开出了停车道。视野恢复了正常，物体在眼前重新凝固，他又能呼吸了。头顶的树在静默中挥动着一片片银色树叶。

七个月后（2015 年 2 月）

玛丽安在厨房里把热水浇在咖啡粉上。窗外的天空看起来很低，像柔软的羊毛，在等咖啡泡好的时间里，她把额头靠在窗玻璃上，呼出的气凝在窗上，渐渐遮住了窗外的校园：树柔和起来，旧图书馆变成一团厚云。穿冬衣的学生环抱双臂，穿过前庭广场，进入模糊不清的图像里，最后彻底消失不见了。人们对玛丽安既不爱慕也不谩骂了。他们已将她遗忘。她现在是个正常人了。她经过时没人抬头看她。她在学校游泳池里游泳，湿着头发在学校餐厅吃饭，傍晚绕着板球场散步。下雨天的都柏林在她眼里分外美丽，灰色的石头颜色渐渐变成黑色，雨水在草叶间移步，在湿滑的屋瓦上低语。街灯的颜色仿佛来自海下，在雨衣上反光。在车灯的强光下，雨点变成银色的硬币。

她用袖口把窗户擦干净，从柜子里取出杯子。她今天十点到下午两点之间要上班，之后有一场关于现代法国的研讨会。她上班的内容就是回复邮件，告知对方她老板没时间参加会议。她不清楚他究竟在做什么。他从来都没空见那些想见他的人，于是她认为他要么很忙，要么长期很闲。他来办公室时经常挑衅般地点着烟，仿佛在考验玛丽安。考验她什么呢？她坐在桌边，如常地呼吸。他喜欢谈论自己有多聪明。听他说话很无聊，但并不费劲。一周结束时他会给她一只装满现金的信封。乔安娜听后震惊了。

他为什么要付你现金？她问，他在买卖毒品吗？玛丽安说她估计他是房地产开发商。哦，乔安娜说，那简直更糟。

玛丽安用法压壶压出了两杯咖啡。一杯放了四分之一茶勺的糖，加了一点牛奶。另一杯是黑咖啡，没加糖。她照常把它们放在托盘上，放轻脚步穿过门廊，用托盘一角敲了敲门。没人答应。她左手把托盘抵在髋部，右手开了门。房间里味儿很浓，有汗味和馊酒味，框格窗前的黄色窗帘还是拉上的。她在书桌上腾了个位置放下托盘，然后坐到转椅上喝她的那杯咖啡。口感有点酸，跟周围的空气倒是挺像。对玛丽安来说，此刻是上班前的惬意时光。喝完咖啡后，她伸出手，用手指挑起窗帘一角。白色的天光倾泻在书桌上。

康奈尔在床上说：我其实已经醒了。

你感觉怎么样？

嗯，还行。

她递给他那杯没加糖的黑咖啡。他从床那头滚过来，眯着眼睛看她。她在床垫上坐下。

昨晚很抱歉，他说。

我觉得萨迪喜欢你。

你觉得她喜欢我？

他把枕头拎起来靠在床头，从她手中接过咖啡。他喝了一大口，然后重新看向玛丽安，眼睛还是眯着，左眼没睁开。

完全不是我的菜，他补充道。

你的事我可说不准。

他摇摇头，又喝了一口咖啡，咽了下去。

你说得准的，他说，你喜欢认为人都是神秘的，但我真没那么神秘。

她琢磨着这句话，与此同时他把咖啡一饮而尽。

我觉得大概每个人都是神秘的，她说，我是说，你永远没法真正了解一个人什么的。

好吧。你真这么觉得吗?

大家都这么说。

你还有什么我不了解的地方呢?他问。

玛丽安微微一笑，打了个哈欠，举起手耸了耸肩。

人都比他自己想的要容易了解得多，他补充道。

我能先洗澡吗?还是说你想先洗?

没事，你去吧。我能用你电脑查一下邮件吗?

尽管用，她说。

浴室的灯是蓝色的，干净而简陋。她拉开淋浴间门，拧开把手，等水变烫。在此期间她迅速地刷了牙，精准地把白色牙膏沫吐进排水口，把颈后绾的发髻松下来。然后她脱掉睡裙，把它挂在浴室门背后。

回溯到十一月。校文学杂志新上任的编辑辞职后，康奈尔主动请缨，在杂志社找到新人选之前担任编辑。几个月后，没有别的人选出现，康奈尔还是一个人在编杂志。昨晚是杂志的新刊发布会，萨迪·达西-奥谢带来了一大碗亮粉色的伏特加潘趣酒，上面漂了几片水果。萨迪喜欢出席这些活动，然后捏着康奈尔的胳膊跟他私下探讨他的“事业”。昨晚他潘趣酒喝多了，想起身时竟然跌倒了。玛丽安觉得这多少算萨迪的错，虽然从另一方面来看，她难以否认这还是得怪康奈尔自己。后来，玛丽安把他送回家，安置他上床后，他管她要水喝，结果把水洒到身上和被子上，然后彻底睡死过去。

去年夏天她第一次读了康奈尔写的小说。她坐在那儿读他的故事——他没有订书机，就把打印稿左上角折了过来——对他这个人产生了一种奇特的感觉。某种程度上，她觉得自己离他很近，仿佛在见证他最私密的想法，但同时她也觉得他朝她背过身去，专注于他自己的某项复杂的任务，一项她永远无法参与的任务。当然了，萨迪也永远无法参与那项任务，但至少她也写东西，也有她自己不为人知的想象生活。玛丽安的人生完全发生在真实世界里，里面都是真实存在的人。她想起康奈尔说：人都比自己想的要容易了解得多。即便如此，他拥有一样她没有的东西，一种容不下第二个人的内心生活。

她以前不知道他是否真的爱她。他会在床上充满爱意地说：你现在要完全照我说的去做，是不是？他知道怎么给她她想要的东西，怎么让她变得坦诚、脆弱、无力，甚至有时让她哭泣。他知道他不需要伤害她：他可以让她自愿屈服，无须诉诸暴力。这一切似乎发生在她的人格深处。但这对他而言在哪个层面发生？这对他而言是否只是一个游戏，或对她的恩惠？他和她的感受一样吗？在每天的日常生活里，他都耐心地体谅她的情绪。她生病时他照顾她，他读她的学期论文的草稿，他坐着听她讲自己的观点，自我推翻，然后改变主意。但他爱她吗？有时她想问：如果我不在你身边了你会想我吗？在鬼屋时她曾经问过他这个问题，那会儿他们都还是孩子。当时他说他会的，但那时她是他生命中的唯一，是他唯一能拥有的东西，他们之间再也不可能回到那种状态了。

到了十二月初，他们的朋友们都开始讨论圣诞节的计划。玛丽安自夏天以来再没见过她的家人。她母亲从没试图联系过她。艾伦发过几条短信，说什么：妈不想跟你讲话，她说你是她的耻辱。玛丽安没有回复。她在脑海中排练过，哪天她和她母亲联系上后会发生怎样的对话，母亲会如何谴责她，会坚持哪个版本的真相。但这终究没有发生。她的生日来了又去，家里没有一句问候。到了十二月，她计划一个人留在学校过圣诞，继续准备她那篇写爱尔兰独立后的监狱机构①的论文。康奈尔想让她跟他一起回卡里克里。洛兰知道你来会很高兴的，他说，我要给她打电话，让你听她亲口说。最后洛兰亲自给玛丽安打电话，邀她去家里过圣诞。玛丽安接受了邀请，她相信洛兰知道怎么做合适。

从都柏林出发往家开的路上，她和康奈尔在车上不停地聊天，开玩笑，扮搞怪的声音逗对方笑。如今看来，玛丽安猜想他们当时是否感到紧张。到福克斯菲尔德时，天色已暗，窗上挂满了彩灯。康奈尔把他们的行李从后备厢里搬出来。来到客厅，玛丽安

① 包括前文提到的抹大拉洗衣店等劳改性质的监禁机构。

坐到炉火边，洛兰泡了茶。圣诞树挤在电视和沙发中间，按自带模式周而复始地闪烁。康奈尔端了一杯茶进来，放在她的椅子扶手上。坐下前他给一片锡纸花重新调了个位置。经他一弄看上去的确好看多了。玛丽安的脸和手被火烤得发烫。洛兰走进来，跟康奈尔讲哪些亲戚已经来过了，哪些明天来，诸如此类。玛丽安感到无比放松，几乎想闭上双眼就此睡去。

圣诞期间，康奈尔家很忙。深夜了都还有人来来往往，挥舞着包好的饼干盒或威士忌。孩子们在他们膝下跑过，含糊不清地高声叫喊。有天晚上有人带了 PlayStation 过来，康奈尔和他一个表弟打 FIFA 一直打到凌晨两点，他们的身体被屏幕染上绿光，康奈尔脸上带着信徒般炽热的神情。玛丽安和洛兰几乎一直待在厨房里，在水槽里洗杯子，开巧克力盒子，把水壶一次又一次地灌满。有一次他们听见前屋有人惊呼：康奈尔有女朋友啦？另一个声音回答：对啊，她在厨房里。洛兰和玛丽安交换了一下眼神。他们听到咚咚咚的一阵脚步声，随后走廊里冒出一个穿曼联球衣的少年。那男孩一看见水槽边的玛丽安就害羞起来，盯着自己的脚看。你好啊，她说。他飞快地点点头，都没对上她的眼睛，就拖着脚步回了客厅。洛兰觉得这非常好笑。

除夕那天，他们在超市遇见了玛丽安的母亲。她穿着一件黄色的丝绸衬衫，外面套了一件深色西装。她看起来总是那么“利落”。洛兰礼貌地道了声好，丹尼丝直视前方，一句话没说就走了。谁知道她觉得自己受了什么委屈。从超市出来上车后，洛兰在副驾驶座上，向后伸出手，捏了捏玛丽安的手。康奈尔发动了汽车。镇上的人是怎么看她的？玛丽安问。

谁？你母亲吗？洛兰问。

我是想问，大家觉得她怎么样？

洛兰脸上带着同情，轻柔地说：我想大家可能会觉得她有点怪。

这是玛丽安第一次听说，或者想到这一点。康奈尔没说话。那天晚上，他想去凯莱赫酒馆过新年。他听说中学的人都会去。玛丽安说要不她还是就待在家里。他装作考虑了一下，然后说：不，你应该去。她脸朝下趴在床上，看他脱下衬衫，换上另一件。我可没有想违背命令的意思，她说。他在镜中和她四目相对。嗯，那就好，他说。

当晚凯莱赫里挤满了人，又热又闷。康奈尔说对了，中学时代的所有人都在那儿。他们不断地和远处的人遥相挥手，用嘴型致意问好。卡伦在吧台遇见了他们，她甩开双臂把玛丽安抱住，身上带着淡淡的让人愉快的香水味。看到你真是太高兴了，玛丽安说。过来跟我们一起跳舞，卡伦说。康奈尔端着他们的饮料走下台阶，走进舞池，雷切尔和埃里克在那儿，还有莉萨和杰克，以及低他们一届的席亚拉·赫弗曼。埃里克不知为何向他们开玩笑地鞠了一躬。他大概喝醉了。周围吵得他们没法正常对话。玛丽安把大衣脱了，塞在桌子下面，康奈尔帮她拿饮料。没人真的在跳舞，大家只是站成一圈，对着彼此的耳朵叫喊。卡伦偶尔会很可爱地打一记拳，仿佛在击打空气。其他人也加入他们，有的人玛丽安此前从未见过，大家彼此拥抱，大喊大叫。

午夜时他们都欢呼“新年快乐”，康奈尔把玛丽安抱在怀里吻了她。她能感觉到大家的视线，真切地压在她的肌肤上。或许大家直到那一刻才真的确信他们在一起了，要不然就是他们仍对当年的丑闻抱有病态的兴趣。或许他们只是在好奇地观察他们之间的化学反应，毕竟经过这么多年，他们两人似乎仍然难舍难分。玛丽安不得不承认，换作她大概也会瞄上几眼。他们松开彼此时，康奈尔注视着她的眼睛，说：我爱你。她一直在笑，脸红红的。她臣服于他，而他却选择了赦免她，她获得了救赎。他很少在大庭广众之下这么做，所以他肯定是故意的，为了让她高兴。她感到自己完完全全地受另一个人掌控，这种感受多么奇怪，又多么寻常。她心想，没人能完全独立于他人，何不干脆放弃这种尝试呢，转而完全依赖他人，允许他们依赖你，为什么不这么做呢。她知道他爱她，她再也不怀疑了。

她从淋浴间里走出来，身上裹着一条蓝色浴巾。镜子上雾蒙蒙的。她打开门，康奈尔从床上看向她。早，她说。屋里不新鲜的空气扑在她皮肤上，感觉凉凉的。他坐在床上，大腿上摆着她的笔记本电脑。她走到立柜抽屉前，找到干净的内衣，开始穿衣服。他看着她。她把浴巾挂在衣柜门上，双手穿过衬衣袖子。

出什么事了吗？她问。

我刚收到一封邮件。

哦？谁发的？

他呆呆地看着电脑，然后看向她。他的眼睛红红的，带着睡意。她系上了衬衣纽扣。他的双膝在被子下支起，电脑的荧光打在他脸上。

康奈尔，谁发的邮件？她问。

纽约的一所大学。他们的 MFA 项目好像录取我了。你知道的，创意写作硕士项目。

她站在那儿。她的头发还是湿的，水慢慢地渗过她衬衣的布料。

你没跟我说过你申请了那个学位，她说。

他只是看着她。

当然了，恭喜你，她说，我一点都不奇怪他们会录取你，我只是惊讶你为什么从没跟我提过。

他点点头，面无表情，然后看向电脑。

我也不知道，他说，我应该告诉你的，但我真的以为希望很渺茫。

好吧，但这不是不告诉我的理由。

没关系的，他补充道，我不会去的。我都不知道我为什么申请。

玛丽安把浴巾从衣柜门上拿起来，慢慢地隔着它按摩发尾。她在书桌椅上坐下来。

萨迪知道你在申请学校吗？她问。

什么？你为什么问这个？

她知道吗？

好吧，她知道，他说，不过我觉得这是两码事。

你为什么告诉她不告诉我？

他叹了口气，用指尖揉了揉眼睛，然后耸了耸肩。

我也不知道，他说，是她让我去申请的。我真的以为这是个很蠢的主意，所以我才没告诉你。

你爱上她了吗？

康奈尔从房间那头看向玛丽安，好一会儿一动不动，目不转睛。很难说他的表情是什么意思。最终她别过视线，开始理浴巾。

你在开玩笑吗？他说。

你为什么不回答我的问题？

你把好多事情都混为一谈了，玛丽安。我甚至都不喜欢跟萨迪当朋友，说实话我觉得她很烦。我不知道我要跟你说多少次。对不起，我没跟你讲申请的事，但你为什么马上就下结论说我爱上别人？

玛丽安继续用浴巾擦着发尾。

最后她说，我不知道。有时候我觉得你想和真正理解你的人在一起。

没错，那个人是你。如果让我列出极其不了解我的人，萨迪肯定是其中之一。

玛丽安再次陷入沉默。康奈尔合上了电脑。

很抱歉我没告诉你，他说，有时候我觉得不好意思跟你讲这种事，感觉有点蠢。老实说，我依然很仰慕你，我不想让你觉得我，怎么说呢，自欺欺人。

她透过浴巾挤了挤头发，感觉到一缕缕发丝粗糙的纹理。

她说，你应该去。应该去纽约。你应该回信接受录取，你应该去读研。

他什么也没说。她抬起头。他身后的墙黄得像一大块黄油。

不，他说。

你肯定能拿到奖学金。

你为什么这么说？我以为你明年想待在这里。

我可以留下来，你可以去，她说，一年而已。我觉得你应该这么做。

他发出一声奇怪而困惑的声音，几乎像在笑。他摸了摸脖子。她放下浴巾，开始慢慢把发结梳开。

太可笑了，他说，你要是不去纽约我也不会去的。如果不是因为你，我甚至不可能在这里。

的确如此，她心想，他不会在这里。他会在一个截然不同的地方，过着一种截然不同的生活。他对待女性的方式也会不同，对爱的期许也会不同。至于她自己，她也会是一个完全不同的人。她会得到幸福吗？那会是怎样的幸福？这些年来，他们就像一盆土中的两株植物，环绕彼此生长，为了腾出空间而长得歪歪扭扭，形成某种令人难以置信的姿态。但最终她帮助了他，她让一种新的人生成为可能，她可以永远为此而欣慰。

我会非常想你的，他说，我会得相思病的，真的。

一开始吧。但慢慢会变好的。

他们相对沉默，玛丽安有条不紊地将梳子穿过发间，梳到发结后慢慢地、耐心地把它们解开。再不耐心就没有意义了。

你知道我爱你，康奈尔说，我再也不会像这样爱第二个人。

她点点头，没错。他说的是实话。

老实说，我不知道该怎么做。你不让我走我就不走了。

她闭上双眼。他或许不会再回来了，她心想，或许他会回来，却变成另外一个人。他们现在拥有的将一去不复返。然而对她而言，孤独的痛苦远比不上她曾经的痛苦，那种觉得自己一文不值的痛苦。他将美德赠给了她，现在它是她的东西了。与此同时，他的人生在他面前展开，通往四面八方。他们为彼此做了很多好事。真的，她心想，真的。一个人真的可以改变另一个人。

你去吧，她说，我会一直在这儿。你知道。

致　谢

首先要感谢约翰·帕特里克·麦克休，他在这本书远没有完成时就与它同在，和他的对话以及他提供的建议为小说的发展提供了实质性的帮助；感谢托马斯·莫里斯，他为书稿提供了细致、体贴的反馈；感谢大卫·哈蒂和蒂姆·麦加恩，他们阅读了小说开篇几章的早期草稿，并提供了睿智的建议；感谢肯·阿姆斯特朗、伊拉·蒙吉以及卡斯尔巴写作小组的所有成员，他们很早就对我的写作给予了支持；感谢特蕾西·博安，她除了没写这本书，其他事几乎都做了；感谢米茨·安杰尔让这本书变得更好，让我成为了更好的作家。感谢约翰的家人，我的家人，尤其是我的父母；一如既往地感谢凯特·奥利弗和奥菲·科米的友谊；感谢约翰为我带来的一切。

本书出版获得 Literature Ireland 资助,特此鸣谢。

图字:09-2020-585 号

图书在版编目(CIP)数据

正常人/(爱尔兰)萨莉·鲁尼(Sally Rooney)著;钟娜译.—上海:上海译文出版社,2020.7(2026.1 重印)
书名原文:Normal People
ISBN 978-7-5327-8430-1

Ⅰ.①正… Ⅱ.①萨… ②钟… Ⅲ.①长篇小说-爱尔兰-现代 Ⅳ.①I562.45

中国版本图书馆 CIP 数据核字(2020)第 081788 号

正常人
[爱尔兰]萨莉·鲁尼 著 钟娜 译
特约策划/彭伦 责任编辑/徐珏 装帧设计/董红红

上海译文出版社有限公司出版、发行
网址:www.yiwen.com.cn
201101 上海市闵行区号景路 159 弄 B 座
上海市崇明县裕安印刷厂印刷

开本 890×1240 1/32 印张 8.25 插页 2 字数 123,000
2020 年 7 月第 1 版 2026 年 1 月第 10 次印刷
印数:69,001—72,000 册

ISBN 978-7-5327-8430-1
定价:59.00 元